Emil Hallier

Joachim Heinrich Campes Leben und Wirken

Bausteine zu einer Biographie

Emil Hallier

Joachim Heinrich Campes Leben und Wirken
Bausteine zu einer Biographie

ISBN/EAN: 9783743677418

Hergestellt in Europa, USA, Kanada, Australien, Japan

Cover: Foto ©Raphael Reischuk / pixelio.de

Weitere Bücher finden Sie auf **www.hansebooks.com**

Joachim Heinrich Campe's Leben und Wirken.

Bausteine zu einer Biographie

von

Dr. Emil Hallier.

Zweite Auflage.

Soest.
Verlag der Schulbuchhandlung.
1862.

Meinem lieben Vater

Johann Gottfried Hallier

ein anspruchsloses Zeichen

gemeinsamer Vorliebe

gaudent praenomine molles auriculae.
Hor. Sat. II, 5, 32.

Vorwort.

Es war 1762, vor 100 Jahren, als das Erscheinen von Rousseau's Emile die gebildete Welt in Bewegung setzte, so weit sie von Verlangen nach einer Besserung der socialen Zustände, vor Allem der Erziehung, erfüllt war. Wer wüßte nicht von Rousseau? Aber prüfen wir genauer, so ist es mehr der verstoßene unglückliche Freigeist, an den auch wir ungern denken, als der beglückende Menschenfreund, von den bis in die Neuzeit alle bedeutenden Erscheinungen in der Pädagogik ausgehen. Man liebt es in unsern Tagen weniger als sonst, sich auch theoretisch mit der Erziehung zu beschäftigen. Selbst Schriften, die in Form und Darbietung ganz darauf angelegt sind, Gemeingut Aller zu werden, finden nicht die gehoffte Verbreitung und von Jean Paul's Werken ist die Levana nicht — wie sie doch ohne Frage verdient — am gelesensten.

Dankbarer wäre es vielleicht, an die Säkularfeier anknüpfend Rousseau vorzuführen. Aber Rousseau's Wirken liegt klar vor in seinen Werken, sein Leben in seinen Selbstbekenntnissen, in den vielen Biographien und Briefsammlungen, die seine undankbaren Landsleute jetzt herauszugeben wetteifern. Auch Geister zweiten Ranges, die da große Ideen ausbauen und weiterführen, soll man berücksichtigen: zumal wenn sie die Brücke bilden, auf der wir jenen Bahn brechenden Auserwählten wieder näher treten können. Unter ihnen gehört Campe bis jetzt nicht zu denen, deren Gedächtniß in biographischer Darstellung festgehalten ist. Dies läßt sich nur daraus erklären, daß der gestörte Lebensabend des Mannes das Bild von ihm in den Augen Vieler verdunkelt hatte. Die Späteren freilich haben vor Allem auf die helle Mittagszeit des Wirkens zu blicken. Ob aber noch eine Biographie zu hoffen ist, hängt ohne Zweifel von Campe's Familie in Braunschweig ab, in deren Händen sich das Material befindet. Wenn ich es dennoch wage, eine Lebensskizze aus zum Theil zerstreut Vorhandenem, einigem Ungedrucktem und zuverlässigen mündlichen Mittheilungen vorzuführen, so geschieht es in der Hoffnung, es werde Manchem nicht unlieb sein, von dem Verfasser des uns geläufigen Robinson Näheres zu hören, dessen bestes Wirken grade mit dieser Bearbeitung auf's Engste verflochten ist.

Was im Athenaeum zu Hamburg am 20sten Januar

dieses Jahres vorgetragen wurde, erscheint hier vermehrt um einige Bausteine und durch möglichst genaue Angabe der Quellen. Wer Entlegenes und Lückenhaftes zusammenstellen soll, trifft weniger leicht die richtige Auswahl als der, welcher aus voller, ungetrübter Quelle schöpft. Und vor Allem in dieser Beziehung werde ich die Nachsicht der Leser in Anspruch zu nehmen haben.

Indem ich allen denen meinen wärmsten Dank ausspreche, welche mich durch gütige Mittheilungen unterstützten, richte ich zugleich die Bitte um Berichtigungen und fernere Bausteine an alle die, welche briefliches oder andres Material besitzen, das zu Campe in direkter oder indirekter Beziehung steht und schließe mit der Versicherung, daß auch der kleinste Beitrag der Art dankbar willkommen geheißen würde.

Geschrieben in Hamburg am Tage, da Campe von dort Abschied nahm
den 31. Januar.

Emil Hallier.

Joachim Heinrich Campe ist geboren den 29sten Juni 1746 zu Deensen (gewöhnlich Deersen gesprochen), einem Dorfe am Sollinger Walde im Braunschweigschen, eine Meile von Holzminden. Sein Vater, Burchard Hilmar¹), stammte aus dem großen, altadligen Geschlecht der von Campe, das im Fürstenthum Braunschweig-Wolfenbüttel ansässig war, und an das noch jetzt der Camphof in Deensen erinnert. Er verheirathete sich mit Anna Margaretha Gosler, der Tochter eines Predigers, und diese Mesallianz brachte die stolzen Verwandten nicht wenig in Allarm. Daraus machte sich indeß der vorurtheilsfreie Mann durchaus nichts; legte vielmehr, als die Vorwürfe nicht aufhörten, den Adel gänzlich ab und ging nach England. Zurückgekehrt begründete er in Deensen ein Garngeschäft und kaufte sich ein einfaches kleines Haus. Da er aber nach wie vor das adlige Wappen der Familie

---

¹) Geboren den 23sten März 1695, gestorben 1760. Ich entnehme dies, sowie einige andere Daten und Namen, einer alten Hauspostille der Familie.

führte, so glaubten die Junker sich beschimpft und leiteten einen Proceß gegen ihn ein. Campe jedoch gewann denselben und ließ nun zum Gedächtniß seines Triumphes das Wappen aus buntem Glase in ein Fenster seines Hauses setzen. Joachim Heinrich war der mittlere von drei Brüdern; der älteste, Friedrich Heinrich [2]), Vater des bekannten Hamburger Buchhändlers August Campe, war Justiziar mehrerer Güter: eine äußerst tüchtige und originelle, aber rein praktische und allem Idealen abgewandte Natur, wie er denn zu seinem zweiten Bruder später zu sagen pflegte: „Die ganze Welt willst Du glücklich machen und gehst selbst darüber zu Grunde!" Je früher Campe seinen Vater verlor, wodurch die Lage der Familie eine dürftige wurde, um so länger hatte er die Freude, seine Mutter am Leben zu sehen. Sie besuchte er noch 1785, als er — um sie zu überraschen — auf seiner Schweizerreise einen Abstecher von 13 Meilen mit schlechtem Pferde nicht scheut [3]). Und als sie — erst am 16. December 1801 — 91 Jahre alt gestorben war, schreibt ihr ältester Enkel H. W. Campe: „Sie blieb sich immer gleich, geduldig und sanft. Ihr Geist war bis zum letzten Augenblick gesund, und ihre Unterhaltung zu unsrer Bewunderung

---

[2]) Geboren den 4ten Januar 1744; der jüngste, Johann Gottlob, geboren den 23sten Mai 1748, lebte als Kaufmann in Holzminden. (Es ist derselbe, den Campe dort 1785 besucht. (Sämmtliche Kinder- und Jugendschriften. Neue Ausg. der letzten Hand, Braunschweig 1830, XVIII. Bändchen, S. 39).

[3]) Reise des Herausgebers von Hamburg bis in die Schweiz, im Jahre 1785. Erste Sammlung merkwürdiger Reisebeschreibungen, Theil II, S. 24.

sehr verständig und weise. Sie war eine seltene und ehrwürdige Frau." Das Dorfleben in der Kindheit bezeichnen Campe's eigne Worte⁴) als ein naturgemäßes, freies Leben auf dem Lande, das ihn in jeder Weise abhärtete. Wenn er daher im Robinson⁵) gegen seine Zöglinge klagt: „Ihr wißt, daß ich in meiner Jugend sehr verwöhnt worden bin", so ist dies wohl auf die hinzugefügten kleinen Bedürfnisse zu beschränken. Als während des siebenjährigen Krieges, im Jahre 1759, eine pestartige Epidemie seinen Wohnort heimsuchte, blieb der 14jährige Knabe⁶) der einzige Gesunde im Hause seiner Mutter und mußte diese, seinen Bruder, seine Schwester und die Magd, welche alle auf den Tod lagen, warten und pflegen. Dennoch mußte er schon als Knabe eine schwere Schule des Leidens durchmachen, denn er litt — bei seinem sonst sehr kräftigen Körper — von früh auf an den Augen. Freilich trieb er selbst Mißbrauch mit seiner Sehkraft, die so außerordentlich war, daß er ziemlich feine Schrift noch im 33sten Lebensjahre in einer Entfernung von drei Schritt lesen konnte. Bald machte der Knabe den thörichten Versuch, Minuten lang in die offne Mittagssonne zu sehen und freute sich, wenn er dann das Bild der Sonne noch eine

---

⁴) In einem Aufsatz des deutschen Museums: „Geschichte meiner Augenkrankheit" (1778, II. Band, Stück 7, S. 67—83), dem ich auch das Folgende — möglichst mit Campe's eignen Worten — entlehnt habe.

⁵) Theil II, 12ter Abend, S. K. u. J. S'chr. XI. Bändchen, S. 70.

⁶) Nach einem Briefe an Elise Reimarus vom 31sten August 1790, dessen Hauptinhalt weiter unten abgedruckt ist.

Zeit lang vor den geschlossenen Augen hatte. Bald las er im hellen Mondschein ganze Kapitel aus einem fein gedruckten griechischen neuen Testament oder aus Reineccii kleiner hebräischer Bibel. Die zunehmenden Schmerzen erfüllten den von Lernbegier und Arbeitslust beseelten Knaben mit banger Sorge, denn die Operation durch einen berühmten benachbarten Arzt war ohne Erfolg geblieben. Schon im 12ten Jahre stellte er allerlei traurige Betrachtungen an und blickte mit bewußtem Schmerze in die Zukunft. Die Aeltern wünschten, daß er sich zum Studiren entschließen möchte, da seine Brüde sich beide der Handlung und dem juristischen Geschäftsleben widmeten. Aber theils war es grade das Beispiel der Brüder, theils die Angst vor seinen Augen, welche auch seine Neigung auf die Handlung richteten. Er hatte noch keinen Begriff von den Arbeiten in großen Kaufmannshäusern, zu denen er gute Augen für weniger nothwendig hielt. Glücklicherweise ließen ihn die Aeltern auf der Gelehrtenschule in dem nahen Holzminden in der Hoffnung, der entschiednere Sinn für die Wissenschaft werde schon erwachen. Dies geschah auch wirklich; "hier war es, wo er zu eignem Fleiße und zu einer regelmäßigen Arbeitsamkeit sich gewöhnte"[7]); ja die ganze, volle Hingabe an die nun in Aussicht gestellte Laufbahn trat an die Stelle der bisherigen Abneigung, aber mit ihr in Folge übertriebenen Arbeitens neue Leiden, neue Hemmnisse durch die Augen. Bei der Sehnsucht nach gänzlicher Heilung wurde kein Mittel unversucht gelassen. Aber mit den Augenärzten stand es

---

[7]) Reise von Hamburg bis in die Schweiz, S. 46.

schon damals so, wie wohl noch oft in unsern Tagen scrophulöser Augenleiden, daß sie lieber allerhand Versuche machten, statt auf die Konstitution zu sehen und die Gründe der Störung durch strenge Vorschriften und einfache, naturgemäße Mittel zu heben. Nur in den selbstverordneten kalten Flußbädern fand der 16jährige Knabe einige Linderung. Gleich war ihm dies ein Antrieb zu neuer, ungewöhnlicher Anstrengung. „Wenn ich," so klagt er uns, „die Kette meiner unmäßigen Beschäftigungen an jedem Tage erzählen wollte, würden meine Leser sich mit mir selbst wundern, wie der noch im stärksten Wachsthum begriffene Körper eines 16—17jährigen Jünglings unter so unablässigen, unnatürlichen Anstrengungen ausdauern konnte." Er nahm sich selten über 5, oft nur 2—3 Stunden zum Schlaf, ja einzelne Nächte wurden ganz durchwacht; auch bei Tage gab es außer der Eßzeit kaum eine Erholungsstunde für ihn. Um seine Natur zu zwingen, hielt er sich die ganze Nacht durch Thee munter, in der irrigen Hoffnung, dies werde ihm die verschwendeten Kräfte ersetzen. Um die Schmerzen der Augen zu lindern, feuchtete er sie von Zeit zu Zeit mit Wasser an und wenn sie dennoch vor Ermattung zufallen wollten, hielt er sie gewaltsam mit den Fingern offen. In solcher Weise setzte er es die drei letzten Schuljahre fort und nur die Festtage brachten ihm über 5 Stunden Schlaf. Das konnte selbst die von Natur und durch die erste Erziehung so dauerhafte körperliche Konstitution nicht aushalten, von der die schlanke, hagere Gestalt wenig mehr verspüren ließ und die doch noch so wirksam war, daß ein paar Erholungsstunden ihm gleich die natürliche, gesunde Gesichtsfarbe wiedergaben.

Inzwischen war das väterliche Erbe im siebenjährigen Kriege, der für Deutschland überhaupt und besonders für die Wesergegend so verderblich war, meist verloren gegangen, und so begann denn Campe das Universitätsleben — zunächst in Helmstädt*) — nicht viel gemächlicher. Da er aller zum Studiren nöthigen Mittel entblößt war, so sah er sich gezwungen, auf eignen Erwerb zu sinnen. Dies und die immer wachsende Lernbegier nöthigten ihn, die übertriebenen Anstrengungen fortzusetzen. Campe hatte sich für die Theologie entschieden und zunächst die Bibelerklärung, die griechische und hebräische Sprache, zum Mittelpunkt seiner Studien gemacht; die schon angeführten kleinen Bibeldrucke wurden nun noch — und wieder meist zur Nachtzeit — von Anfang bis zu Ende mit erklärenden lateinischen Worten so fein überschrieben, daß die Schrift kaum mit bloßem Auge zu lesen war. So wurden die Augen fast geflissentlich völlig verderbt. Die Strafe blieb nicht aus. Das erste Opfer war die Entsagung der hebräischen und griechischen Literatur, welche Campe keinen geringen Kampf kostete. Er wandte sich zum Ersatz der Philosophie zu, in keiner andern Absicht, als um sich auf die schreckliche Zeit völliger Erblindung vorzubereiten. Mit großem Widerwillen mußte er sich wenigstens eine Zeitlang entschließen, Lesen und Schreiben bei der Abendlampe zu vermeiden. Je zeitiger er in Folge dessen sein Lager aufsuchen konnte, desto eher stand er wieder auf, die gestärkten Augen

---

*) Von dieser Universität erhielt Campe noch 1809, in welchem Jahre sie aufgehoben wurde, das Diplom eines Doctors der Theologie.

möglichſt auszubeuten. In Halle wurden die Studien in ähnlicher Weiſe fortgeſetzt und beendigt. Dann ging Campe nach Berlin, wo er in dem Hauſe des Major und Kammerherrn Alexander Georg von Humboldt Hauslehrer wurde [9]). Sein Zögling war ein älterer Sohn der Frau von Humboldt (gebornen von Colomb) aus ihrer erſten Ehe mit dem Baron von Holwede. Mit ihm theilte Campe im Sommer das Landleben in Tegel und der Winter brachte in der Stadt Anregung aller Art. „Die Liebe zur Philoſophie wuchs in vertrautem Umgange mit einigen Weltweiſen des Orts" [10]); das erſte philoſophiſche Buch, mit dem er ſich in's Publikum wagte, wurde der Augen wegen Abends in einem finſtern Zimmer gedacht, Morgens zwiſchen 3 und 6 Uhr aufgeſchrieben, denn die Tageszeit war mit Berufsarbeiten ſo beſetzt, daß ſie zum Studiren keine Muße ließ. Dies fortgeſetzt frühe Arbeiten bei Licht gab den Augen den letzten Stoß und nun folgte, nach ſeinen eignen Worten, eine vierjährige Lebensperiode, an die er ohne Schaudern, aber auch ohne Dank nicht zurück denken konnte. Die Nerven der faſt immer entzündeten Augen waren ſo reizbar geworden, daß es faſt unmöglich für ihn war, ſich Abends in einem mäßig erleuchteten Zimmer aufzuhalten. „Dieſer Zuſtand", fährt er fort, „war ſchrecklich für einen Jüngling von 24 Jahren, der wegen ſeiner übrigen

---

[9]) Briefe von Wilhelm von Humboldt an eine Freundin, Leipzig, Brockhaus 1853, Theil 1, S. 166. Vgl. Wilhelm von Humboldt, Lebensbild und Charakteriſtik von R. Haym, Berlin 1856, S. 6.

[10]) Geſchichte meiner Augenkrankheit.

gesunden Leibesverfassung keine Wahrscheinlichkeit eines nahen Todes hatte. Tag für Tag saß ich von vier Uhr Nachmittags bis neun oder zehn Uhr Abends so da in einem Winkel meiner finstern Kammer, ohne tröstenden Freund oder ermunternden Gesellschafter, bei dem Stechen unaufhörlicher Augenschmerzen und mit schwermüthigen Betrachtungen in die schwarze Zukunft irrend. Der kummervolle Gedanke: was soll daraus werden? lag so schwer und drückend auf meinem Herzen, daß Lust und Fähigkeit zu philosophischem Nachdenken mir vergingen. Der Eindruck auf meine Gemüthsart wird — besorge ich — nie ganz ausgeglichen werden"[11]).

Zwar wurden auch in Berlin die geschicktesten Aerzte und Wundärzte zu Rathe gezogen, aber mit diesen erging es nicht besser als in der Heimath. Der Zustand verschlimmerte sich so, daß am Ende sogar das Tageslicht beschwerlich fiel. Campe konnte nicht mehr lesen und schreiben ohne die empfindlichsten Augenschmerzen, bei Licht zu arbeiten war ganz unmöglich; er hatte längst auf alle Freuden im Leben verzichtet und mußte endlich Wochenlang das Zimmer hüten. Aber damit war auch der Höhepunkt seiner Leiden erreicht. Zufällig hörte er von dem Hausmittel eines Friseurs, der gegen die schädlichen Einflüsse des Puderstaubes Semmel in Wasser auf die Augen legte. Dies verhalf auch Campe sehr bald wieder zum vollen

---

[11]) So lebhaft war die Erinnerung noch 8 Jahre nachher. Auf diese Zeit scheint auch die Stelle zu geben in der Entdeckung von Amerika, I. Kolumbus, 14te Erzählung (Kinder- und Jugendschriften XII. Bändchen, S. 148).

Gebrauch seiner Sehkraft und er hütete sich fortan wohl, den sieben Stunden Schlafs durch nächtliches Lesen etwas zu entziehen.

Um diese Zeit, etwa 1772, wurde er als Feldprediger nach Potsdam berufen zum Regiment des damaligen Prinzen und nachherigen Königs von Preußen, Friedrich Wilhelm II. Dann finden wir ihn im Jahre 1775 wieder als Hauslehrer im Humboldt'schen Hause, aber diesmal, um die berühmten Söhne zweiter Ehe, den damals achtjährigen Wilhelm und den zwei Jahre jüngeren Alexander in den Elementen zu unterrichten. Wilhelm von Humboldt schreibt darüber an seine Freundin Charlotte Diede [12]): „Campe war Hauslehrer im Hause meines Vaters, und es giebt noch eine Reihe großer Bäume hier, die er gepflanzt hat. Ich habe bei ihm schreiben und lesen gelernt, und etwas Geschichte und Geographie nach damaliger Art: die Hauptstädte, die sogenannten sieben Wunder der Welt u. s. w. Er hatte schon damals eine sehr glückliche, natürliche Gabe, den Kinderverstand lebendig anzuregen." Diese Wirksamkeit dauerte kaum ein Jahr, aber trotz der Kürze blieb das Verhältniß zu den ehemaligen Zöglingen längere Zeit ein freundschaftliches.

Schon am 24sten Juni 1773 hatte sich Campe mit Dorothea Maria Hiller [13]), der Tochter eines Berliner

---

[12]) Briefe von Wilhelm von Humboldt an eine Freundin, 2ter Theil, S. 190.

[13]) Ihre Brüder waren in Berlin bekannte Persönlichkeiten und standen in ziemlich naher Beziehung zu Friedrich dem Großen.

Offiziers, vermählt. Mit ihr ging er im Jahre 1776 als Prediger an der Heiligen-Geistkirche nach Potsdam zurück, aber nur, um bald auf immer von der Theologie Abschied zu nehmen. Innerer Trieb zog ihn, wie Basedow, zur Pädagogik hin. Dazu kam vielleicht schon die begeisterte Lektüre von Rousseau's vor Kurzem erschienenem Émile, der gleich damals in den Herzen so vieler Deutschen zündete und sich unwiderstehlich Bahn brach, während man in Paris, bei dem und für das es doch zunächst geschrieben war, noch heute vergebens nach seinen Wirkungen sucht. Grade in Preußen hatte die neue Erziehungsmethode besonders schnell Boden gewonnen, hauptsächlich durch das edle Vorangehen des Domherrn von Rochow auf Rekahn [14]), für dessen Ideen Gedike wirkte. Schon ließ sogar der Adel in der neugewonnenen Weise unterrichten. Aber alle solche Bestrebungen waren doch immer nur vereinzelt. Da tritt mit der Begründung des Dessauer Philanthropins die erste größere That im Rousseau'schen Geiste in's Leben.

Es war im Jahre 1771, als der menschenfreundliche und für die neuen Erziehungspläne begeisterte Fürst Friedrich Franz Leopold von Dessau den in seiner Vaterstadt Hamburg verfolgten und verketzerten Basedow als Reformator des Erziehungswesens berief, damit er eine Musterschule und ein Lehrerseminar begründe. Nach drei Jahren wurde diese am 27sten December, dem Geburtstage des Erbprinzen von Dessau, eröffnet unter dem Namen „Philanthropin

---

[14]) Erinnerungen an Wilhelm von Humboldt von Gustav Schlesier, Stuttgart, Köhler 1843, Theil I, 1ste Hälfte, S. 11.

oder eine Schule der Menschenfreundschaft für Lernende und junge Lehrer". Mag man über diese Anstalt und namentlich über Basedow denken wie man will, mag man den gewaltigen Contrast zwischen dem Anfangs Verheißenen und dem nachher Geleisteten — der zum Theil seine Erklärung findet in der ganzen nach Aufklärung erst ringenden Unklarheit jener Tage — noch so lebhaft empfinden: immer bleibt das Bahn brechende Hauptverdienst unbestritten für alle Zeiten stehen. Dies spricht schon Kant in seinen zu Königsberg gehaltenen Vorlesungen über Pädagogik[15]) richtig aus: "Man sieht, daß es auf Experimente ankommt, kein Menschenalter einen völligen Erziehungsplan darstellen kann. Die einzige Experimentalschule, die hier gewissermaßen den Anfang machte, die Bahn zu brechen, war das Dessauische Institut. Man muß ihm diesen Ruhm lassen, ohngeachtet der vielen Fehler, die sich bei allen Schlüssen, die man aus Versuchen macht, vorfinden, daß nämlich noch immer neue Versuche dazu gehören. Es war in gewisser Weise die einzige Schule, bei der die Lehrer die Freiheit hatten, nach eigenen Methoden und Planen zu arbeiten, und wo sie unter sich sowol, als auch mit allen Gelehrten in Deutschland in Verbindung standen." Das Treffen der fremden Persönlichkeit, welches wir in seiner Fertigkeit als Takt bezeichnen, ist im einzelnen Falle ein Experiment und so ist dies — wenn irgendwo — vor Allem in der Erziehung unentbehrlich. Da hilft keine Schablone, keine Formel; man hat es hier nicht zu thun

---

[15]) Immanuel Kant über Pädagogik. Herausgegeben von F. Th. Rink, Königsberg 1803, S. 27.

mit faßlichen, leicht berechenbaren Objekten, sondern mit Wesen, die in der Entwicklung stehen, die sich also der Berechnung entziehen. Da soll sich die Liebe, die Hingabe des Lehrers zur wirkenden Persönlichkeit erst hinaufarbeiten. Oder wer könnte — um es an einem Beispiele klar zu machen — den Ton treffen, mit welchem er Kindern zu erzählen hat, wenn er es nicht von ihnen selbst gelernt und immer wieder abgelauscht hätte. Darum ist es so unsinnig, daß noch in kürzlich erlassenen Regulativen womöglich die Zahl und die Arten der Arbeiten vorgeschrieben werden, die doch für jedes neue Gemeinwesen sich neu gestalten, von jeder Lehrerpersönlichkeit neu getroffen werden sollen. Darum immer allgemeiner, nur leider nicht lebhaft genug, das Verlangen nach Seminaren, nach solchen Anstalten für Experimentalpädagogik, wie sie keiner größeren Stadt als Mittelpunkt ihres erziehelichen Lebens fehlen sollten.

Worin besteht denn Rousseau's großes Verdienst anders als in der Aufforderung zum Experiment? Vorher war nach dürren Vorschriften, nach angestammten Vorurtheilen unterrichtet, der Zögling nicht als Individuum angesehen und beurtheilt. Die Grundidee des Émile, die Zurückführung des Menschen in den Naturzustand, sie ist der Vorschlag zu einem Experiment, wenn auch zu einem unausführbaren. Es ist das einseitige Gegenbild zur Unnatur der damaligen socialen Verhältnisse, wie sie vor Allem in Paris entgegen traten. Auch im Einzelnen haben sich unter den Vorschlägen Rousseau's vielleicht eben so viele als unausführbar herausgestellt, wie in andern der geniale Griff des großen Mannes das Rechte getroffen hat. Aber die Bahn war gebrochen und da Frankreich sie verschmähte, so ging Deutschland dankbar und begeistert auf dieselbe ein. Rousseau machte Vorschläge zu Experimenten, Basedow ging zuerst an die Ausführung. Daß die Art derselben im Einzelnen so ungenügend, so unklar war, Basedow's Erfolg daher ein so geringer, ist zu beklagen, aber es schmälert nicht das Verdienst, welches jede Begründung eines bessern Zustandes sich erwirbt. Es lag vor Allem an der unleidlichen, selbstsüchtigen Persönlichkeit Basedow's, zum Theil aber auch an den viel zu hoch gespannten Erwartungen, welche die Begründer selbst, welche alle Förderer von dem Werke hegten. Dies erkennt schon Johann Georg Schlosser, Goethe's Schwager, wenn er im Jahre 1776 an Iselin schreibt [16]): „Basedow's und Salis' Anstalten kommen den menschlichen am nächsten, aber sie thun den Forderungen der Menschen noch kein Genüge. Es ist nicht ganz die Schuld der Anstalten, daß sie das nicht thun. Unser Jahrhundert ist noch nicht reif dazu, und ich glaube, die Menschen sind von der Natur zu weit entfernt, daß je ein Jahrhundert dazu reif wird. . . . . . Stimmt euch herab! Die größte Weisheit ist, sich nach der Decke zu strecken." Aber das war Basedow's Sache freilich gar nicht. Basedow war zu voll von seiner Idee und zu wenig praktisch in der Ausführung, zu wenig wirklicher Pädagog. Und die Männer, die er zu Mitarbeitern gewählt hatte, ein Simon und Schweighäuser, waren nicht bedeutend genug, diese Lücke

---

[16]) „Erstes Schreiben an Iselin über die Philantropinen" in Iselin's Ephemeriden, Stück 1.

auszufüllen. Dachte man doch sogar mit lebhaftem Verlangen daran, Christoph Kaufmann zu berufen, diesen Kraftapostel der Geniezeit, diesen Propheten Lavater's, den uns Heinrich Dünker [17]) in seiner ganzen kraftlosen, alles sittlichen Halts entbehrenden Erbärmlichkeit dargestellt hat. Die einzige Persönlichkeit war, wie es scheint, Ch. H. Wolke, der nachherige Freund Campe's, den Basedow aus Hamburg mitgebracht hatte; aber in eine wirklich bessere Lage gelangt das Institut offenbar erst im Jahre 1776 durch Campe selbst.

Dieser wurde an die Stelle berufen, welche Iselin — Pestalozzi's Lehrer — ausgeschlagen hatte: als Mitkurator und Dessauischer Edukationsrath. Er fand aber Alles in der größten Verwirrung. Der Anfangs so thätige, muthvolle Enthusiasmus Basedow's für das Philanthropin war erloschen [18]). Es war nicht einmal ein eignes Gebäude angewiesen, die ankommenden Zöglinge und Kandidaten der Pädagogik unterzubringen. Eine Berathung beider Kuratoren brachte zu dem Entschlusse, das Institut lieber ganz aufzuheben und günstigere Zeiten abzuwarten; aber der Fürst wünschte zu lebhaft die Fortführung der begonnenen Arbeit, stellte ein Gebäude in Aussicht und versprach noch einmal 12000 Thaler für sechs Jahre. Basedow blieb seinem Entschlusse treu und legte, indem er das erkaltete Interesse des Publikums, Abnahme des

---

[17]) Im Historischen Taschenbuch von Friedrich von Raumer, III. Folge, 10ter Jahrgang 1859, S. 107—231.

[18]) Basedow's Leben in Schlichtegroll's Nekrolog auf das Jahr 1790, Band II, Gotha 1791, S. 144 ff.

Gedächtnisses und geschwächte Gesundheit als Gründe angab, am 15ten December das Kuratorium feierlich nieder, so daß Campe die Leitung allein übernahm mit Zurathziehung einer Konferenz der Professoren. Das Institut hob sich nun sehr schnell zu einer kaum gehofften Blüte. Im Sommer des Jahres 1777 waren schon funfzig Zöglinge da und noch manche angemeldet, für die kein Platz mehr war. Kostbare Geschenke an bedeutenden Summen, Büchern und Instrumenten liefen ein aus Kurland, von der jüdischen Gemeinde in Berlin, von vielen Freimaurer-Logen und einzelnen reichen Wohlthätern. Der Fürst hatte den sogenannten Dietrich'schen Palast mit seinem schönen Garten eingeräumt und that Alles, was seine Kräfte erlaubten. Aber leider entsprach diesem Aufblühen keineswegs eine Einheit und volle Hingabe im Innern. Es rächte sich jetzt, daß vorzugsweise junge, exaltirte Lehrer zu der ernsten, schwierigen Aufgabe berufen waren. Statt des nothwendigen einheitlichen Zusammenarbeitens traten bald Unruhe und Sonderinteresse ein. Mit der Zeit wäre es der entschiedenen, Achtung gebietenden Persönlichkeit Campe's ohne Frage gelungen, diesen Geist des Zwiespalts zu bannen, wären nicht die Rechte und die Theilnahme, die sich Basedow am Institute reservirte, so ganz unbestimmt gewesen. Er hatte sich nämlich vorbehalten, die Gewissensübungen anzuordnen, in den Konferenzen vorzutragen, um alle Angelegenheiten des Instituts zu wissen, seine mißbilligende Meinung über Alles zu sagen und endlich — wenn auch nur mit Campe's Bewilligung — die Kurotor-Rechte wieder auszuüben. Darüber mußte um so leichter eine Differenz zwischen Basedow und Campe entstehen, da beide ganz selbstständige, scharf geprägte Charaktere und auch Campe nicht ohne Selbstgefühl war. Nun veranlaßte der Fürst Basedow, wieder vollen Antheil am Kuratorium zu übernehmen, was er — wenn auch ungern — wirklich that. Er schloß sogar zur Besiegelung der hergestellten Einheit eine feierliche Verbrüderung mit Campe und Wolke, deren Resultat die gemeinsame Herausgabe der „Pädagogischen Unterhandlungen"[19]) war. Aber dies hatte nur geringen Bestand. Schon nach wenigen Wochen, im September des Jahres 1777, war Campe plötzlich zur allgemeinen Ueberraschung aus Dessau verschwunden, keiner wußte wohin; selbst seine Frau erfuhr von der Abreise erst durch Wolke. Welcher Art diese neuen Mißverständnisse gewesen sein mögen, habe ich nicht genauer ermitteln können, denn sein eigner Ausdruck ist unbestimmt genug. „Aus Gewissensdrang", heißt es in der Reise durch England und Frankreich[20]), „hatte ich Amt und Brot und Alles aufgegeben, was einem Familienvater beruhigende Aussichten in die Zukunft gewähren kann, und meine ganze kleine Habe beschränkte sich nur auf einen Kopf mit mittelmäßigen Fähigkeiten und auf eine an rastlose Arbeitsamkeit gewöhnte Hand". In einem Briefe aus Braunschweig vom 26sten Mai 1797 giebt er ein Beispiel von Basedow's Willkür: „Mit der Dessauischen Auflage des Sittenbüchleins verhält

---

[19]) In den Jahren 1780 bis 1784 fortgesetzt unter dem Titel „Philanthropisches Journal und Lesebuch."

[20]) Neue Sammlung merkwürdiger Reisebeschreibungen, Band IV, 1803, S. 11 (Sämmtliche Kinder- und Jugendschr. XXXII. Bändchen, S. 6).

es sich folgendermaßen: Ich schrieb dieses kleine Buch, als ich noch Kurator des Dessauischen Instituts war. Damals wollte Basedow zum Gesetz für dieses Wesen machen, daß alles, was ein Mitglied desselben schrieb, dem Institut gehören sollte. Allein die ganze Gesellschaft fand dies despotisch und empörte sich dagegen. Da er nun die Sache nicht durchsetzen konnte, so wurde mein Buch zwar für das Institut und auf Rechnung desselben, aber als mein Eigenthum gedruckt."

Es unterliegt wohl keinem Zweifel, daß die Schuld der höchst anmaßenden Weise Basedow's beizumessen ist, um so weniger, da auch Simon und Schweighäuser — wenngleich scheinbar in gutem Vernehmen — bald darauf nach Straßburg zurückkehrten; und da endlich Wolke, der fortan als Vice=Kurator die ganze Last der Geschäfte auf sich nahm, in die allerunangenehmsten Streitigkeiten mit Basedow verwickelt wurde, welche fast mit öffentlichem Skandal geendet hätten. Solchen fatalen Auftritten hatte Campe sich noch zur rechten Zeit entzogen, als er im Herbst des Jahres 1777 in Hamburg eintritt und mit seinem Schimmel in einer sehr bescheidenen Wirthschaft beim Strohhause in der Vorstadt St. Georg, nicht weit vom Lübecker Thore, Quartier nahm. Natürlich war für Dessau im höchsten Grade zu fürchten, daß dies ganze Ereigniß im Publikum gewaltiges Aufsehen machen und die Fortdauer der Anstalt auf's Neue in Frage stellen würde. Daraus und aus dem segensreichen Einfluß, den Campe's kurze Wirksamkeit in Dessau bezeichnete, mögen wir es uns erklären, daß — wie von verschiedenen Seiten übereinstimmend erzählt worden ist — schon wenige Tage nach Campe's Ankunft in Hamburg der Fürst von Dessau in Person bei ihm war, um seine Rückkehr dringend zu erbitten. Aber Campe war zu stolz und abgeschlossen, als daß er seine gekränkte Ehre durch die formelle wieder hergestellt glauben konnte. Und ein Glück war es für ihn, daß er hier standhaft blieb, denn in Dessau hätten schwerlich bessere Tage ihn erwartet, in Hamburg aber begann für ihn mit der fünfjährigen Periode seines Aufenthalts die Glanzzeit seines öffentlichen Wirkens, die er selbst 24 Jahre später [21]) als den schönsten, fruchtbarsten und glücklichsten Abschnitt seines Daseins bezeichnet.

Den Rest des Winters füllte Campe — hülflos und ohne Anstellung wie er war — mit der Herausgabe seiner Erziehungsschriften [22]) aus und mit Aufsätzen in den "Hamburgischen Adreßkomtoirnachrichten [23]). Aber lange konnte ein Mann von einem, besonders damals so hervorragenden Erziehungstalente unmöglich ohne praktische Thätigkeit sein.

---

[21]) In einem Briefe an seinen Enkel Eduard Vieweg, N. S. merkw. Reisebeschr. Th. IV, S. 13 (S. K. u. J. Schr. XXXII. Bändchen, S. 8).

[22]) Sammlung einiger Erziehungsschriften. 2 Theile. Leipzig 1778.

[23]) Im 11ten Jahrgang, 1777, Stück 81 ff. "Ueber die moralische Erziehung, ein guter Rath für Aeltern 2c.", Stück 85 ff., steht schon der "erste Entwurf von Theophron's gutem Rath für seinen Sohn", 1778, Stück 33 (Montag, den 27sten April), S. 257—265, S. 288—292, S. 297. 8, S. 305—307 (18. Mai) "Beschreibung einiger neuen pädagogischen Spiele, welche sowohl zur angenehmen Unterhaltung der Kinder, als auch zur leichten Erlernung fremder Sprachen dienen".

Sein Ruf war durch Wort und That schon ziemlich fest begründet und kaum hatte man Kunde von seinem Wunsche, dauernd in Hamburg zu bleiben, als sich eine schöne Gelegenheit zur Erfüllung dieses Wunsches bot. Es war im Sommer des Jahres 1778, als der Kaufmann Johann Jakob Böhl, welcher einem der ersten europäischen Handelshäuser in Cadix vorstand, im Verein mit seinen Freunden Johannes Schuback [24]) und Legationsrath Leisching, Campe den Vorschlag machte, die Erziehung ihrer fünf Söhne zu übernehmen. Dies waren Johannes, Gottlieb und Fritz Böhl, Nikolas Schuback und Dietrich Leisching, deren Vornamen uns, sowie der von Lotte, Campe's einzigem Kinde, im Robinson aufbewahrt sind. Johann Nicolaus Böhl, dessen Leben von einer ihm befreundeten Hand mit warmen, lebensvollen Zügen vorliegt [25]), war der älteste von allen und damals acht Jahre alt. Für diesen Anfangs nur so kleinen Kreis engagirte Campe noch zwei Lehrer, von denen der im Robinson genannte Freund R. Rudolphi, ein Bruder der Schriftstellerin Caroline Rudolphi, ist. Der alte Böhl [26]) sorgte mit edler Freigebigkeit für ein schönes

---

[24]) Geboren den 16. September 1732, gestorben den 31sten März 1817.

[25]) Versuch einer Lebensskizze von Johann Nikolas Böhl von Faber. Nach seinen eignen Briefen. (Als Handschrift gedruckt.) 1858. M. vgl. Lebensnachricht über J. N. Böhl v. Faber von Dr. Julius.

[26]) Wahrscheinlich hat Böhl das Grundstück für Campe gemiethet; besessen haben beide es nicht, denn im Hamburger Land=Rentenbuch sind als Besitzer eingeschrieben 1760 Johann Lorenz Meyer, 1766 Cath. Maria Meyer geb. Kern, 1771 bis 1787 Heinrich Lorenz Meyer.

Gartenhaus im Billwerder Ausschlag am Hammerdeich, welcher damals oft fälschlich mit zum Grünen Deiche gerechnet wurde[27]). In diesem kleinen Paradiese — denn anders können wir es bei der Einfachheit, bei dem Glücke und der Gesundheit seiner Bewohner nicht bezeichnen — war es, wie Gottlieb Böhl selbst sich ausdrückt[28]), „wo Campe so oft mit gerührter, Ehrfurcht gebietender Miene in dem Kreise seiner Zöglinge stand, um ihnen eine neue Regel zur Tugend bekannt zu machen, sie dann so innig zur Befolgung derselben ermahnte, den Abend über ihre Aufführung mit ihnen sprach und jedem das verdiente Zeugniß gab." Hier waren der Apfelbaum, die Laube, die Grasbank, die wir aus dem Robinson kennen; hier ist endlich und vor Allem der Robinson selbst nicht sowohl erzählt als vielmehr gespielt und gelebt worden.

Es scheint jetzt Mode zu sein, über Campe's Robinson die Achsel zu zucken. Schriften aller Art wetteifern, diese Bearbeitung als eine längst veraltete, die große Verbreitung als reinen Zufall darzustellen; ja man ist ordentlich erzürnt, daß das Buch so viele Auflagen erlebt hat, wie außer der Bibel, Thomas a Cempis und Fenelon's Aventures de Telemach kaum ein andres[29]). Aber grade dieser Umstand, daß

---

[27]) Campe selbst thut dies in der N. S. merkw. R., Th. IV, S. 13 (S. K. u. J. Schr. XXXII. Bändchen, S. 8).

[28]) In einem Briefe an die Pflegemutter, N. S. merkw. R., Th. II, S. 136 (S. K. u. J. Schr. XXIX. Bändchen, S. 89).

[29]) Im Jahre 1859 die 57ste Auflage. (Ein elendes Machwerk, welches unter dem Titel „Campe, Robinson Crusoe des

Campe's Bearbeitung zur Zeit noch durch keine von den unzähligen andern verdrängt ist, fordert doch laut genug zur Vorsicht im Urtheil auf. Wir haben es ja hier nicht zu thun mit einer süßlichen, anlockenden Dichtung. Bei dem Amaranth würde es thöricht sein, aus den 21 Auflagen in 11 Jahren und der großen Verbreitung unter den Damen auf den Werth des Werks einen Schluß machen zu wollen. Es handelt sich hier ja lediglich um ein Buch belehrender Unterhaltung, noch dazu hervorgerufen durch ein Bedürfniß. Denn sehen wir auf die Entstehung, so führt sie uns Campe wieder — und hier zuerst entschieden — als Schüler Rousseau's vor. Im Februar 1779, fast ein Jahr nach Rousseau's Tod, erscheint im Deutschen Museum [30]) die Ankündigung und als Probe der Anfang vom verjüngten Robinson und hier schon finden wir die merkwürdige Stelle aus Rousseau's Emile als Anlaß mitgetheilt. „Weil wir durchaus", schreibt Rousseau [31]), „Bücher haben

---

Aeltern wunderbare Schicksale" bei Adolph Werl in Leipzig erschienen ist, hat nichts mit dem Namen zu thun, den es an der Spitze trägt. Es beweist nur, wie ungenügend noch unsre Gesetze gegen den Nachdruck sind, wenn solcher Mißbrauch eines Autornamens, solche Täuschung des lesenden Publikums und solche Beeinträchtigung des Verlegers möglich sind.

[30]) Band I, S. 123 — 132. Schon 1778 am 31sten December wird er in den Hamburger Adreßkomtoirnachrichten auf Pränumeration angemeldet (103. Stück, S. 822) mit den Worten „Ueber den verkannten Werth eines veralteten Buches, welches wieder erneuert zu werden verdient".

[31]) Émile ou de l'Éducation livre III, Paris, Didot 1848, p. 204.

müssen, so ist eins vorhanden, welches — nach meiner Ansicht — die glücklichste Abhandlung über natürliche Erziehung enthält. Dies Buch soll das erste sein, welches mein Emil lesen wird; dies allein wird lange Zeit seine ganze Bibliothek ausmachen und wird immer einen hervorragenden Platz in derselben einnehmen. Es soll der Text sein, für welchen alle unsre Unterhaltungen über die natürlichen Kenntnisse nur als Kommentar dienen werden. Es wird als Prüfstein dienen während unsrer Fortschritte zur Vollkraft im Urtheil; und so lange unser Geschmack nicht verdorben sein wird, wird die Lesung desselben uns immer besser gefallen. Und was ist dies für ein wunderbares Buch? Ist es Aristoteles? Ist es Plinius? Ist es Buffon? Nein! Es ist Robinson Crusoe". — Rousseau will aber den Roman erst von all seinem Wuste gesäubert[32]) wissen, fordert also auf zu einer Bearbeitung. Dieser Aufforderung seines Vorbildes war Campe gefolgt und wie es geschehen, beweist am besten der nie erloschene Dank seiner Zöglinge; die stürmische Weise, mit der sofort alle Völker, alle Sprachen sich das Werk zu eigen machten[33]). Um so mehr muß es befremden, wenn Professor Hettner in seinem sonst so anziehenden Vortrage[34]) über Defoe's Robinson die Bearbeitung Campe's auf Kosten derselben mit dem englischen Original vergleicht. Das ist

---

[32]) Débarrassé de tout son fatras.

[33]) Man vergleiche Campe's Vorrede zur 7ten Auflage.

[34]) Herm. Hettner, Robinson und die Robinsonaden, Vortrag, gehalten im wissensch. Verein zu Berlin 1854, Verlag von Wilh. Hertz.

ungefähr so, als wollte man den trojanischen Krieg, wie ihn Gustav Schwab erzählt, neben das griechische Original halten zu Gunsten des letzteren.

Es läßt sich nicht leugnen, die Dialogform sagt uns hier, wie in K. F. Becker's beliebten Erzählungen aus der alten Welt, nicht mehr zu. Ebenso wenig kann bestritten werden, daß die frostige Moral, der oft nüchterne, phantasielose katechetische Ton unserm Gefühl nicht entsprechen wollen; aber das sind Fehler, die zum Theil rein in der Form liegen, zum Theil auch in der auf das bloß Nützliche gewandten Richtung aller Philantropisten ihre Erklärung finden; einer Richtung, die Basedow's, zum Theil auch Salzmann's Schriften, gradezu unlesbar machte. Hier drohte dem neuen Werke allerdings eine Gefahr der Einseitigkeit, die mit der Zeit sehr hemmend hätte wirken müssen, wäre sie nicht bald durch das ernstere Studium des Alterthums völlig gehoben worden: ein Vortheil, der erst Jean Paul und Pestalozzi zu Gute kam.

Aber gesetzt auch, die genannten Fehler wären oder würden so störend, daß das Buch wirklich als unlesbar erschiene, so müßte der Vorwurf gegen dasselbe noch immer ein andrer sein. Campe, der seinen Zöglingen das erste Jahr Reisebeschreibungen vorgelesen hatte[35]), erkannte bald, welchen außerordentlichen Vorzug die freiere, zwanglosere Erzählung Kindern gegenüber habe. Er giebt uns also das Werk, wie es entstanden ist, mit Rede und Gegenrede.

---

[35]) Nach dem Robinson, 14ter Abend (S. K. u. J. Schr. XI. Bändchen, S. 31).

Darüber sagt er selbst [36]): „Ich war damals nur der Aufschreiber und Aufzeichner dessen, was meine Kinder mir vorsagten und was sie unter meinen Augen thaten; und wenn an und in jenen kleinen Schriften irgend etwas Verdienstliches ist, so ist es dieses: daß ich treu und gewissenhaft nach der Natur gezeichnet und alles so wiedergegeben habe, wie diese es mir vorhielt". Daß die Form für ihn diese historische Bedeutung hatte[37]), sehen wir deutlich genug daraus, daß sie — außer in der Entdeckung von Amerika[38]) — in den späteren Jugendschriften aufgegeben ist. Wer berechtigt uns nun zu verlangen, daß das so entstandene Werk zum Vorlesen sich eigne; höchstens wäre der Vorwurf berechtigt, daß Campe es auch dazu bestimmt habe[39]). Er würde gewiß nicht geleugnet

---

[36]) N. S. merkw. R., Theil I, S. 121 (III. Schreiben aus Algier, Vorbericht. S. K. u. J. Schr. XXIX. Bändchen, S. 79).

[37]) Einen zweiten Grund giebt Campe, aber wohl mehr der pädagogischen Wirkung wegen, seinen Zöglingen gegenüber an am Ende des Pizarro, S. K. u. J. Schr. XIV. Bändchen, S. 198—200.

[38]) Von der Entdeckung von Amerka, die zuerst im Deutschen Museum 1780, Band II, S. 565. 566 angekündigt wird und bis 1852 neunzehn Auflagen erlebt hat, gilt im Grunde dasselbe, was vom Robinson gesagt ist.

[39]) „Zur angenehmen und nützlichen Unterhaltung für Kinder" lautet der Zusatz in der ersten Ankündigung wie in der ersten Ausgabe, Hamburg 1779 und 1780. Erst zum Kolumbus heißt es „ein angenehmes und nützliches Lesebuch für Kinder und junge Leute".

haben, daß die Form der Darbietung, welche er selbst wählte, die richtigere sei und so würde das Buch als Anleitung für den Erzähler immer seinen Werth behalten. Wer hat freilich in unsern vielgeschäftigen Tagen Lust und Zeit, sich so eingehend mit Kindern abzugeben, daß er Ihnen vorlese oder gar erzähle. Das Erzähltalent scheint zu den seltensten zu gehören und das Bild vom Vater im Kreise der Seinen, wo jedes Auge auf ihn gerichtet ist, jeder an seinem Munde hängt, scheint — in großen Städten wenigstens — nur noch in der Dichterphantasie zu leben. Man zieht es vor, das Kind auch in der Lektüre — einem der wirksamsten und allergefährlichsten Bildungsmittel — sich selbst zu überlassen.

Aber selbst davon abgesehen, würde der Robinson für uns immer eine historische Bedeutung behalten und zwar grade durch das hineingeflochtene Lebensbild. Dies bringt uns erst zum Bewußtsein, warum Rousseau von einem solchen Buch so viel erwartete. Schon er will es gelebt, nicht bloß gelesen haben. So zeigt uns Campe, wie man die Rousseau'schen Ideen mit Vermeidung ihrer Einseitigkeit verwirklichen kann; er strebt in der That, wie er es oft genug ausspricht[40]), dem Naturleben zu, welches Rousseau fordert, aber er paßt es den menschlichen Zuständen an. Er erzieht naturgemäß, er sucht nach der Harmonie zwischen Körper und Geist, wie die Alten sie hatten und wie sie schon den Knaben Rousseau im Plutarch mit Sehnsucht erfüllte.

---

[40]) Robinson, Theil II, 19ter Abend (S. K. u J. Schr. XI. Bändchen, S. 72).

Dazu war freilich nöthig, daß Campe selbst sich in vieler Hinsicht der Natur mehr näherte, der Verbildung entzog, soweit es noch möglich war. Er thut es, wie aus dem Robinson bekannt ist [41]), mit ihnen härtet er sich ab, mit ihnen entsagt er den Bequemlichkeiten des Lebens. Schon damals schütteln die verschiedensten Leute, welche den Muth nicht haben, selbst der Verweichlichung und Bequemlichkeit sich zu entziehen, bedenklich die Köpfe [42]). Dafür hatte Campe aber auch die Genugthuung, daß er trotz der feuchten, ungesunden Lage seines Gartens am 1. Juni 1780 Lessing schreiben konnte [43]): „Ich selbst, meine Frau, meine drei Gehülfen und meine zwölf herrlichen Knaben wissen fast nicht mehr, was Krankheit ist, weil wir, so weit der leidige Ueberlauf von Besuchern und Beschauern aus der feinen Welt — diese Hauptplage meines Lebens — es uns erlaubt, uns immer mehr und mehr in die Gränzen der einfachen Natur zurückzuziehen suchen". Dafür wurde ihm nachher in jedem Briefe der Dank seiner Zöglinge zu Theil, die gerne in ihren Uebungen noch weiter gegangen wären [44]) und deren einer wenig-

---

[41]) Ebendaselbst (S. 71), 20ster Abend (S. 91). Man vgl. das Verzichten auf die Travemünder Reise, Theil I, 19ter Abend (X. Bändchen, S. 119) und in der Entdeckung von Amerika, Kortes, 24ste Erzählung (XIII. Bändchen, S. 46 ff.).

[42]) Robinson a. a. O. Anmerkung zur 2ten Auflage und die Aeußerung Gottlieb Böhl's, N. S. merkw. R., Theil I, S. 203 (S. K. u. J. Schr. XXIX. Bändchen, S. 137).

[43]) Lessing's sämmtl. Schriften, Ausgabe von Lachmann, Berlin 1840, Band XIII, S. 638.

[44]) Gottlieb Böhl a. a. O. S. 203 (XXIX. Bändchen,

stens, aus behaglicher Lage in eine weit beschränktere gewiesen, das so Angeeignete zu bewahren Gelegenheit hatte⁴⁵). Und wer noch zweifeln wollte an der Schönheit des Verhältnisses, zweifeln — wie es nahe liegt — an der Gemüthswärme und Innigkeit Campe's, der findet das Vermißte in seinem Verhältniß zu Gottlieb Böhl, wie Campe selbst es dargelegt hat; diesem Denkmal der Liebe und Erinnerung im ersten Theile der neuen Sammlung von Reisebeschreibungen, das Campe dem in Cadix so früh verstorbenen Pflegesohn errichtet hat⁴⁶). Es ist doch wohl nicht etwas so ganz Alltägliches, daß ein Band — vom sechsten bis zum elften Lebensjahre geknüpft — in so reiner, ungetrübter Weise fortbesteht. Und ganz denselben Eindruck machen die Briefe, welche der zwei Jahre ältere Johannes Böhl, bis er Anfang August 1813 zum Katholicismus übertritt, mit den Pflegeältern wechselt⁴⁷).

Auch sonst war Campe's Aufenthalt in Hamburg ein mannigfach erregter und bewegter. Er nimmt durchaus

---

S. 136): "Ich vermuthe, daß Sie in diesem Betrachte noch mehr gethan haben würden, wenn wir Ihrer Pflege früher anvertraut gewesen wären".

⁴⁵) Johannes Böhl, dessen "Handlungshaus durch die Zeit der napoleonischen Herrschaft total ruinirt wurde". Lebensskizze, S. 82 ff.

⁴⁶) III. Schreiben aus Algier von einem der ehemaligen Pflegesöhne des Herausgebers, S. 113—204 (S. K. u. J. Schr. XXIX. Bändchen, S. 73—137). Der ersten Ausgabe von 1802 ist G. Böhl's Portrait in einem Stich von Rosmäsler beigegeben.

⁴⁷) Lebensskizze, S. 80. Johannes' Tochter, Cäcilie d'Arom ist die als Fernan Caballero bekannte Romanschriftstellerin.

Theil, soweit sein Beruf es erlaubt, an dem literarisch-wissenschaftlichen Leben, dessen Mittelpunkt damals Hamburg bildete. Auch er gehört zu dem interessanten Reimarus-Sieveking'schen Kreise, der längst eine eigne monographische Behandlung verdient hätte⁴⁸). Er selbst ist befreundet mit Professor Reimarus, dem Arzt und Sohn des berühmten Fragmentisten, während die Räthin Campe mit Elise Reimarus in lebhaftem Briefverkehr steht, der zwischen Hamburg und dem Hammerdeich geführt wird. Sie hatten Umgang mit Klopstock, der schon im Jahre 1778 zum zweiten Bande von Campe's Erziehungsschriften einen Beitrag liefert, Umgang mit Claudius, für dessen Lieder in der Schulz'schen⁴⁹) Komposition Campe begeistert ist. Korrespondirt wird mit Friedrich Heinrich Jakobi⁵⁰), mit C. F. Cramer in Paris und vor Allem mit Lessing⁵¹), den sie durch Reimarus kennen lernen und der noch im September

---

⁴⁸) Dies spricht schon Varnhagen von Ense aus im 4ten Band seiner Denkwürdigkeiten und vermischten Schriften, S. 365

⁴⁹) Kapellmeister in Kopenhagen.

⁵⁰) Auserlesener Briefwechsel, Band I, 1825, S. 346.

⁵¹) Der Brief Campe's an Lessing in der Lachmann'schen Ausgabe von Lessing's Werken, Band XIII, S. 629, ist entschieden unrichtig von dem Herausgeber in's Jahr 1779 verlegt. Offenbar wird er von Lessing beantwortet in dem von Malzahn, Band XII, S. 615, abgedruckten Briefe, der ebenfalls undatirt, aber mit Recht auf Lessing's letzten Besuch in Hamburg seit Sonnabend den 16ten September 1778 bezogen ist. Der Brief Campe's fällt also vor dies Datum, was in dem noch zu hoffenden XIII. Bande der Lachmann-Malzahn'schen Ausgabe von Lessing's Werken zu berichtigen sein wird.

1778 bei seinem letzten Aufenthalte in Hamburg Campe's besucht. Den 16ten October 1778 schreibt Elise Reimarus an Hennings: „Er (Lessing) hat Campe durch uns kennen gelernt und scheint in ihm einen festen, unschwärmerischen Mann zu schätzen"⁵²). Die Räthin, welche sich nicht scheut, Lessing's erste Bekanntschaft mit dem Besen in der Hand zu machen, scheint sich besonders gut mit ihm gestanden zu haben, obgleich er scherzhaft „ihre kleinen Anfälle von Herrnhuterei persiflirt". Als Lessing am 15ten Februar 1781 stirbt, widmet ihm Campe folgenden poetischen Nachruf in Boie's Deutschem Museum³³):

Auf Lessing's Tod.

Er starb? — Wenn wirken leben heißt,
so starb er nicht; wenn leben heißt
in Gottes weiter Geisterwelt,
wie in der Körperwelt die Sonne,
ein Licht zu sein, das Millionen leuchtet,
die durch das Labyrinth der Zweifel
den schmalen, blinden, kaum betret'nen Pfad
zur Wahrheit suchen: — o, so starb er nicht!
Ihr Freunde, trocknet eure Thränen!
Was klagen wir den Untergang der Sonne,
wann aus des vollen Mondes Feuerscheibe
ihr milder Abglanz unsre Nacht erhellt?

---

⁵²) Vgl. Auszüge aus den Briefen von Elise Reimarus an Hennings, herausgegeben von W. Wattenbach.

¹³) Band I, 5tes Stück, Mai 1781, S. 464. Ein Gedicht, welches er schon im Jahre 1770 auf Lessing machte, theilt er ihm mit in einem Briefe, abgedruckt bei Lachmann, Band XIII, S. 630.

Nach seiner Uebersiedelung nach Braunschweig hat er nichts Eiligeres zu thun, als Lessing's Grab aufzusuchen, das schon im Jahre 1785 fast Niemand mehr nachweisen konnte [54]), und da er den Hügel längst eingesunken findet, ihn wieder zu errichten, ihn mit Epheu und Pappeln bepflanzen zu lassen [55]). Ebenso betreibt er es vor Allem, als nachher die Idee zu einem Lessing-Denkmal erwacht. Die Räthin Campe macht den Herzog von Braunschweig dafür geneigt, so daß er die Wahl des Platzes völlig frei stellt, und entwirft selbst eine Skizze zu dem Monument [56]). Mit Lessing theilt Campe aber nicht bloß die Freundschaft, sondern auch die Feindschaft, denn vor der Kanzel des Hauptpastor Götze hatte auch er keine Gnade gefunden. An einem Sonntage, wo Götze gewiß war, daß wenigstens der Vater der drei Böhl's ihm nicht fehlen konnte, weil derselbe mit dem Klingelbeutel zu gehen hatte, verketzerte er Campe öffentlich, daß er Sonntags seine Zöglinge in die freie Natur statt in die Kirche führe. Aber er verfehlte seine Wirkung, denn der alte Böhl kaufte drei Texte der Predigt, um sie, wie er sagte, für seine Söhne

---

[54]) Reise des Herausgebers von Hamburg bis in die Schweiz, 1ste Sammlung merkw. Reisebeschr. II. (S. K. u. J. Schr. XVIII. Bändchen, S. 20). An dieser Stelle ist auch Campe's Begegnung mit Lessing's ehemaligem Diener Mackwitz sehr anziehend erzählt.

[55]) Schlichtegroll's Nekrolog, Supplement-Band auf die Jahre 1790 – 1793. Gotha 1798, S. 47.

[56]) G. E. Lessing, sein Leben und seine Werke. Von Th. W. Danzel. Bd. II. von G. E. Guhrauer, 2te Abtheilung, S. 363.

aufzubewahren, weil er zu Gott und Campe's Treue hoffe, daß sie einst als Männer, mit diesen Texten in der Hand, sich dem Hauptpastor würden vorstellen und ihm mehr echte Gottesfurcht in Gesinnung und Wandel zeigen können, als ihm selbst vielleicht davon beiwohne. Leider hinderte dies Böhl's und Götze's zu früher Tod [57]).

In wie hohem Ansehn die von den Zöglingen wie eine Mutter geliebte Räthin auch in weiteren Kreisen stand, beweist das Urtheil eines Zeitgenossen [58]) aus jenen Tagen, welches in seiner sonderbar überschwänglichen Fassung hier eine Stelle finden mag: „Sie wird es mir verzeihen, die liebe theure Frau, daß ich hier auch ein Wörtchen von ihr rede. Die Fülle meines Herzens, meine innige Verehrung verlangt es so. Von Grund aus edel! groß und einzig in ihrer jetzigen Bestimmung! Die schönste Pflegemutter einer großen liebenswürdigen Familie, welche um ihre Vollkommenheit und Liebe die besten leiblichen Mütter beneiden.

---

[57]) N. S. merkw. N. Theil I., Schreiben aus Algier, S. 164. 165. (S. K. u. J. Schr. XXIX. Bändchen, S. 109. 110.) die Anmerkung. Vgl. „An meine Freunde". Wolfenbüttel. In der Schulbuchhandlung 1787. S. 6.

[58]) Beytrag zur Charakteristik niedersächsischer Damen. (Aus den Schattenrissen edler deutscher Frauenzimmer oder offenherzigen und unpartheyischen Nachrichten von itztlebenden berühmten schönen und biedern Damen. Aufgesetzt von einem ihrer Verehrer und Freunde.) 1784. Der Verfasser unterschreibt sich am Schlusse Gr. (Graf?) v. A.. Auf 20 Seiten werden die Frau Professorin Büsch in Hamburg und (von S. 12 an) die Frau Edukationsräthin Campen auf dem Lande bei Hamburg geschildert.

Bei ihr sollten die Mütter und die Töchter in die Schule gehen, und bei dem Gemahl die Söhne. — Der körperlichen Gestalt nach ist die Madame Campen ganz angenehm gebildet. In ihrer männlichen Größe liegt etwas Ansehnliches und Würdiges, welches mit Heiterkeit und weiblicher Sanftmuth gemischt, ihrem ganzen Wesen viel Annehmliches giebt. Ihr ganzer Körperbau ist übrigens von einem guten weiblichen Ebenmaaß. — Ihre Gesichtsbildung ist nicht schön, sondern artig. Ihr großes Auge ist feuerreich und kraftvoll. Mit bedeutendem und geistvollem Blick sieht sie allemal auf den vorhabenden Gegenstand. Den fremden Sprecher sieht sie scharf an, und hört still beobachtend zu, was er spricht, ohne zu unterbrechen, bis er fertig ist. Dann aber läßt sie auch niemand durch stockstummes Schweigen in Verlegenheit, sondern knüpft an den Faden des Gesprächs freundlich an, hilft aus, lockt heraus, wenn ihr der Gegenstand und der Sprecher eine Sache von Werth sind, lernt in der Stille gern und lebt wiederum auf eine verbindliche Art. Ihre Rede ist angenehm, natürlich und kurz; allemal mit einem freundlichen Lächeln begleitet. Keine Verzierung und Verzerrung der Gebehrden scheint sie zu kennen. Ich kenne aber einige Hamburger Damen, die es für sehr schön halten, während der Rede mit dem Köpfchen zu nicken wie die Tauben, oder das Köpfchen fein auf eine Seite zu legen wie die Gänse, wenn sie den Himmel ansehen, oder unaufhörlich mit den Augen zu blinzen wie die Eulen am Tage. — Ihr Haar ist hoch lichthell und stark, die Haut sehr fein, weiß und zart, wie sie gemeiniglich bei einem Phöbushaar zu sein pflegt, und der Teint schwach rosenblaß. Es ist aber, nota bene, Natur und nicht Pflasterschönheit, unter deren Schutze die blassen Hamburgerinnen so schön sind. Die ganze Physiognomie dieser guten Dame ist sonst sehr bedeutend und geistig. — So freundlich und liebreich ihr Blick ist, so liebreich ist ihr Herz. Man kann sagen, sie ist klug wie die Schlangen, und ohne Falsch wie die Tauben. — — — Diejenigen Stunden, welche ihr die große Hauswirthschaft übrig läßt, liest sie die angenehmen und lehrreichen Schriftsteller unserer Nation, und oft nimmt sie schwere Lektüre vor, aber ihr vorzüglich schneller Verstand und der leicht eindringende Scharfsinn, den sie vor so vielen Männern vorausbesitzt, erleichtern ihr alles. Viel mehr würde sie lesen und studiren, aber die häuslichen Geschäfte und die ganze große Oeconomie, welche sie zu übersehen und zu dirigiren hat, fordern ihr alle ihre Zeit und Aufmerksamkeit ab, und man muß sagen, sie steht derselben unvergleichlich vor, sie zeigt sich darin ganz in ihrer Größe und Liebenswürdigkeit, füllet so ganz die weibliche Bestimmung aus. Mit einem hellen Adlerblick übersieht sie leicht das Ganze, theilt die Rollen aus, und Klugheit und Thätigkeit führen die vielen und lästigen Geschäfte einer großen Hauswirthschaft mit bewundernswürdiger Leichtigkeit aus. Schnell und thätig wie sie ist, erscheint sie allerwärts, ordnet alles zur rechten Zeit und genau an, was zur Bequemlichkeit, Ordnung, Reinlichkeit, Gesundheit der Eleven gehört, und Speise, Trank, Kleidung, Wäsche und Reinigung für so viel Personen ihres Hauses erfordern nicht wenig Achtsamkeit und Mühe. Sie weiß es doch aber alles so gut zu bewirken, daß sie noch Zeit genug übrig behält, die Stadt und ihre Freunde in der Gegend zu besuchen, die

Besuche abzuwarten, womit sie oft aus der fernen Fremde sehr heimgesucht wird und kleine ländliche Vergnügungen zu suchen, um sich darin wieder zu erholen. Weil sie sehr viel bürgerliche Klugheit besitzt, so versteht sie alle die vielen Besuche und auch ihre Freundschaft so zu leiten, daß sie weder der Haushaltung noch dem Institute im mindesten beschwerlich fallen, wie man denn auch durchaus nicht genirt ist und hier nicht sein muß, um nicht alles zu verderben. Mit den Eleven selbst geht sie sehr gut, sehr vortrefflich um, so wie mit den Lehrern. Diese sieht sie wie ihre Freunde und jene alle wie ihre Söhne an, und keine Mutter könnte besser mit ihnen umgehen. Sie ist gefällig und ernsthaft, liebreich gewährend und streng versagend, wenn's nicht anders sein kann. Sie spielt oft mit ihnen und nimmt durch eine kleine Aufsicht auch zugleich Theil an ihren kindlichen Freuden, zu welchen sie sich theils herunter, ihre Lieblinge aber auch etwas zu sich herauf zu stimmen weiß. Man darf mit Wahrheit behaupten: keine Mutter kann ihr Kind einer bessern Mutter und kein Vater einem bessern Vater anvertrauen, als wenn sie es diesem guten Institute überlassen. So nützlich sie demselben ist, eben so viel Lust, so viel Annehmlichkeit und Rühmliches findet sie darin, ohne selbst eigne Söhne zu haben; die guten Söhne anderer — die blühenden Hoffnungen so vieler edlen Familien zu pflegen, sie zur Tugend und Vollkommenheit bilden zu helfen. — Bei so vieler Arbeit, bei so großer Geschäftigkeit scheint sie der besten Gesundheit zu genießen und durchaus keine Zeit übrig zu haben, weder modisch empfindsam, noch stubenzärtlich und nervenkrank zu werden. Sie trotzt allem

Wind und Wetter und allen Apothekern. Und wer Lust hat thätig und deutsch zu sein, der kann ebenso gesund werden. Es ist fast ein patriarchalisches Leben, um das ich diese guten Leute beneiden möchte!" —

Wenden wir noch einmal die Blicke der Anstalt zu! Der Anfangs so kleine Kreis war — wie sich bei seinem fröhlichen Gedeihen erwarten ließ — bald genug gewachsen. Noch während des Robinson langen sechs neue Mitglieder an, von denen ich vier näher bezeichnen kann als Konrad von Hobe [59]) aus Schwarzenbeck im Lauenburg'schen, Ferdinand von Hahn [60]), von Malortie aus Hannover und Johannes Schuback, der zum Unterschied von dem ältesten Böhl in der „Entdeckung von Amerika" John genannt wird. Später kommen (zum Pizarro) noch zwei hinzu, so daß sich endlich die Gesammtzahl auf dreizehn Zöglinge belief, womit die Angabe in jenem Briefe an Lessing übereinstimmt.

Drei Punkte sind noch besonders als für die jetzigen Verhältnisse mahnend hervorzuheben, welche das ganze Leben und Treiben der Anstalt als ein ideales erscheinen lassen. Sehen wir zunächst auf die Urheber und Veranlasser des Werks, die Familien Böhl, Schuback und Leisching. Es war eine freie, rechtzeitig als nothwendig erkannte

---

[59]) Dieser stirbt lange vor dem Jahre 1801 durch Schiffbruch an der nordamerikanischen Küste, nachdem er auf einem zur Rettung ergriffenen Brette umhergetrieben. N. S. merkw. R. Theil I., S. 160. (S. K. u. J. Schr. XXIX. Bändchen, S. 107).

[60]) Er fiel, ebenfalls vor dem Jahre 1801, als österreichischer Offizier durch die Wuth einer Feldseuche, a. a. O.

That. Sie übergeben ihre Kinder an Campe in keiner andern Ueberzeugung, als weil sie selbst eine genügende Erziehung zu geben durch die Verhältnisse verhindert sind. Wie macht man es heute? Man wartet meist, bis es zu spät ist, bis die Schule das nicht mehr ergänzen kann, was zu Hause versäumt oder gar gefehlt wird. Das wußten jene Männer ebenso gut wie wir, daß keine Anstalt, und wäre es die relativ vollendetste, die Familie ersetzen kann; aber ohne Zweifel wußten sie daher auch, daß jeder, der an einen sittlichen Fortschritt glaubt, von der Ueberzeugung nicht lassen könne, bis zu einem gewissen Grade müsse das Haus einstehen für das Betragen der Kinder. Kann es das nicht, so kann dies einzig in den Verhältnissen liegen. Dann ist es aber auch dringendste Pflicht, daß man Resignation genug besitze, zur rechten Zeit nach einem Ersatze sich umzusehen und nicht zum Schaden des Kindes wie der Anstalt den rechten Zeitpunkt zu versäumen. Die andern beiden Punkte betreffen die Erzieher unsrer Tage. Campe will seinen Zöglingen die Familie, der sie entzogen sind, möglichst ersetzen, daher hält er sich von Vornher ein in den Schranken, welche die Familie ihm vorschreibt. Schon im Anfange seiner Wirksamkeit, im Jahre 1778, spricht er dies selbst klar enug aus[61]: „Ich habe das Glück, ein kleines Häuflein hoffnungsvoller Kinder um mich versammelt zu sehen, denen von nun an meine beste Zeit und meine besten Kräfte einzig gewidmet bleiben. Diese, welche immer ein

---

[61] Sammlung einiger Erziehungsschriften, Theil II. Verbericht, S. I.

Häuflein bleiben und zu keinem Haufen anwachsen sollen, sind, dem Wunsche ihrer Aeltern gemäß, dem Schooße meiner kleinen Familie einverleibt worden und werden als Glieder derselben, und keineswegs institutsmäßig, von mir behandelt. Man hat mir also zu viel Ehre erwiesen, indem man in einigen Blättern diese Familienerziehung als ein öffentliches Institut oder gar als ein sogenanntes Philantropin angekündigt hat". — Campe selbst muß endlich den beständigen, dringenden Anforderungen nachgeben und hat am Ende in der Zahl dreizehn die Gränzen schon überschritten, wobei er sich durch Annahme eines drittern Lehrers [62]) hilft. Und doch, welch gewaltiger Unterschied zu den Pensionen unsrer Tage, wo eine Zahl von zwanzig Schülern kaum noch als normal gelten kann. Da kann denn freilich von einem Ersatz, einer Stellvertretung der Familie, wie sie doch wünschenswerth ist, durchaus nicht mehr die Rede sein. Man sagt, das liege in den Verhältnissen. Allerdings, aber um so dringender ist die Aufforderung, diese Verhältnisse anders zu gestalten. Damit hängt das Letzte zusammen. Campe hat nur deutsche Zöglinge. Bei uns sind die deutschen womöglich vereinsamt unter den Fremden. Es gehört ein ziemlich starker Kosmopolitismus dazu, wenn man von dieser Mischung Segen erwartet. Näher liegt es doch wohl anzunehmen, daß in der Zeit der größten Entwicklung, in der man sorgfältig alle Störungen fern zu halten bemüht ist, auch die fremde

---

[62]) Entdeckung von Amerika, Theil II. Kortes. (S. K. u. J. Schr. XIII. Bändchen, S. 7) Vgl. Lessing's Brief oben S. 34. Vermuthlich ist es der französische Lehrer Joyard.

Nationalität, zumal das ganz anders gemischte spanische Blut, einen fremden, wo nicht hemmenden und störenden Einfluß übt. —

Wir verstehen den Schmerz, mit welchem Campe — durch Kränklichkeit[63]) genöthigt — am letzten Januar 1783 im Theophron[64]) von seinem schönen Werke scheiden muß. Ebenso begreifen wir die Freude Gottlieb Böhl's, als das Paradies seiner Kindheit im Jahre 1787 in den Besitz seines Schwiegervaters, des Rathsherrn Johann Valentin Meyer, übergeht[65]); den dankbaren überschwänglichen Jubel, mit welchem Campe diesen dort im Jahre 1802 auf der Durchreise nach England besucht[66]). Am Neujahrstage 1814 haben die Franzosen mit Haus und Garten die Erinnerungen an jene Pflanzstätte ihres Rousseau hinweggetilgt. Den Platz kaufte der mit den bisherigen Besitzern

---

[63]) Schon in der Entdeckung von Amerika, am Ende des Pizarro, befürchtet er dies.

[64]) Theophron oder der erfahrene Rathgeber für die unerfahrene Jugend (S. K. u. J. Schr. XXXVII. Bändchen); der erste Entwurf erschien schon 1777 in den Hamburgischen Adreßkomtoirnachrichten, 11ter Jahrgang, Stück 85 ff.

[65]) „Versuch einer Lebensskizze von Joh. Nik. Böhl v. Faber", S. 24, wo es aber irrthümlich heißt: „Der Garten seiner (Gottlieb's) Aeltern ward an den Kaufmann Val. Meyer verkauft", denn der vorhergehende Besitzer war seit dem Jahre 1771 dessen Bruder Heinrich Lorenz Meyer. Dies, sowie das Jahr stehen fest durch das Hamburger Land-Rentenbuch. Vgl. oben, S. 28.

[66]) N. S. merkw. N. Theil IV. S. 11. (S. K. u. J. Schr. XXXII. Bändchen, S. 6 ff.)

nicht verwandte Jürgen Nicolaus Meyer⁶⁷) für einen Spottpreis. Nur das gefällte Holz war ausgenommen und dessen Verkauf brachte allein einen Ertrag von 500 Thalern, fast ein Drittheil des ganzen Preises. Jetzt ist seit dem Jahre 1835 Daniel Wamosy's Lederfabrik mit ziemlich wüster Umgebung an die Stelle getreten und nur der Badeteich, die grüne Brücke, die Gänseweide und die ländlich stille Umgebung haben den Stempel jener Tage bewahrt.

Campe ging mit nur vier Schülern nach Trittau⁶⁸) 4 Meilen von Hamburg. Hier im "Hof und Garten an der Bille" theilt er seine Arbeit zwischen der Erziehung seiner Zöglinge, Landwirthschaft und schriftstellerischer Thätigkeit. Den Mittelpunkt dieser letzteren bildet seit dem ersten September 1784 die Herausgabe der "Allgemeinen Revision des gesammten Schul- und Erziehungswesens", welche in den neun Jahren ihres Erscheinens zu 16 Bänden anwuchs. Zwar entsprach das Werk nicht allen Erwartungen, die man darin gesetzt hatte und Campe selbst, dessen Aufsätze die besten sind, betheiligt sich persönlich immer weniger daran. Aber jedenfalls wirkte es wesentlich

---

⁶⁷) Geschichte und Genealogie der Familie Lorenz Meyer in Hamburg von Dr. Otto Beneke. (Als Manuscr. gedr.) Hamburg im Sommer 1861, S. 39.

⁶⁸) Ferdinand, Anton, Nikolaus und der kleine Ary. Vgl. Des Herausgebers kleine Reise von Trittow nach Wismar und von da nach Schwerin in Briefen an seine Kinder, 1ste Sammlung merkw. Reisebeschr. Th. 1., aber nur in der ersten Auflage. Später sind die "traur. Schicksale der Frau Godin" (damals Th. IV.) an die Stelle getreten.

mit zur Verbreitung der Rousseau'schen Ideen und es ist schon ein Großes, daß ein derartiges Werk überhaupt damals in so weiten Kreisen gelesen wurde. Man braucht darum noch nicht in das übertriebene Lob Jean Paul's einzustimmen, der überhaupt nur anerkennend von Campe spricht [69]). In der Vorrede zur Levana (S. 12) nennt er die Revision ein Werk, dem kein Volk etwas Aehnliches entgegen zu stellen habe, „jede Mutter — noch besser, jede Braut sollte dergleichen lesen und sich daran, wie an einem Juwel, allseitig bilden und schleifen, damit die mütterliche Individualität leichter die dunkle, kindliche ausfinde, schone, achte und hebe". — Dazu wollen wir doch lieber die Levana selbst als dieses umfangreiche, nicht überall lesbare Werk empfehlen.

Inzwischen hatte der Herzog Karl Wilhelm Ferdinand von Braunschweig den Entschluß gefaßt, Campe seiner Heimath, der er angehörte, zurückzugeben, und berief ihn im Frühjahr 1786 als hochfürstlich braunschweig-lüneburgischen Schulrath in das Schloß Salzdalen.[70]) Der anfängliche Hauptzweck war wohl eine gründliche Reform des Schulwesens durch eine ganz neue Organisation, über die Campe die Oberaufsicht führen sollte. Denn zu demselben Zweck wurden kurz darauf auch der schon befreundete und ebenfalls vom Dessauer Philantropin ausgegangene Ernst Christian Trapp aus Hamburg berufen, wo er ohne Erfolg

---

[69]) In der Levana oder Erziehungslehre, Braunschweig 1807, z. B Theil II. S. 5. 28. 257.

[70]) Man vgl. die noch aus Trittow datirte Vorrede zum 5ten Theile der Allgem. Revision vom 1sten März 1786.

den Rest der Campe'schen Anstalt übernommen hatte, und Professor Johann Stuve aus Neu = Ruppin⁷¹), zu dem Campe deshalb persönlich gereist war. Aber die eigentliche Aufgabe scheiterte bald an mannigfachen Schwierigkeiten, vor Allem — wie es scheint — an dem Widerstand älterer und zum Theil verdienstvoller Schulmänner. Campe selbst zog sich daher bald zurück und knüpfte seine praktische Thätigkeit in andrer Weise an die Erziehung an. Er übernahm gegen Ende des Jahres 1787 die bisher mit dem Waisenhaus verbundene Buchhandlung und Buchdruckerei unter der veränderten Firma „braunschweigsche Schulbuchhandlung" und hier glückte es ihm allerdings besser. Das Geschäft gehörte bald zu den allerglänzendsten, namentlich durch den Verlag von Campe's eignen Kinderschriften und Reisebeschreibungen.⁷²) Außerdem schließt er an die Fortsetzung der Revision nach den Grundsätzen derselben die Herausgabe einer „Schulencyklopädie oder vollständigen Sammlung neuer, den bisherigen Fortschritten in der Aufklärung und den jetzigen Bedürfnissen der ver-

---

⁷¹) Er stand dort mit seinem Freunde Lieberkühn der öffentlichen Schule vor, hatte sich gleich Anfangs unter die Revisoren aufnehmen lassen und sollte nun Direktor der Katharinen=Schule, sowie Rath in dem zu stiftenden Schulkollegium werden, aber beides kam nicht zu Stande, Schlichtegroll's Nekrolog, Suppl. Band für 1790—1793. Gotha 1798, S. 40—45.

⁷²) Zuerst vollständig unter dem Titel: Jo. H. Campe's sämmtl. Kinder= und Jugendschr. Ausg. letzter Hand. 37 Bändchen. Mit vielen Kupf. Braunschw. 1806—1822. 12°. Diese erste Ausgabe zeichnet sich durch Chodowiecki'sche Kupferstiche aus, welche in den späteren fehlen.

schiedenen Stände angemessenen Schulbücher jeder Art, von den ersten und einfachsten Elementen an bis zu der höchsten Stufe des Schulunterrichts": ein der Anlage und dem Umfange nach wieder sehr bedeutendes Unternehmen. Es sollte etwa tausend Bände umfassen und die Arbeit wurde natürlich unter viele Kräfte vertheilt, wodurch die Ausführung eine sehr verschiedene geworden ist und mannigfach in's Stocken gerieth. Daß man es an Bestrebungen, die allerbesten Kräfte für das Werk zu gewinnen, nicht fehlen ließ, sehen wir aus einem Briefe Georg Forster's an Heyne (Wilna den 10ten Juli 1786) [73]: „Herr Rath Campe hat aus Salzdahlen sehr dringend an mich geschrieben, ich möchte doch für die dort unter des Herzogs von Braunschweig Protektion herauskommende Schul-Encyklopädie ein Handbuch der Naturgeschichte schreiben, welches das Gemeinnützigste dieser Wissenschaft, das allen gesitteten Ständen zu wissen Nöthigste, enthielte; folglich hauptsächlich Bearbeitung der vaterländischen Naturalien, und dann auch solcher fremden, die für uns vorzüglich nothwendig sind....... Die Aufforderung ist, wie Sie sehen, sehr ehrenvoll und zu sehr in meinem Plan, dem Publikum im Andenken zu bleiben, als daß ich sie von der Hand weisen sollte." Leider geschah dies doch nachher und Funk trat an die Stelle.

Im Revolutionsjahr 1789 leitete Campe die Herausgabe von Rousseau's Émile in deutscher Uebersetzung durch

---

[73]) Joh. Georg Forster, Briefwechsel. Herausgegeben v. Th(erese) H(uber), geb. Heyne. Leipzig, Brockhaus 1829, Theil 1. S. 561 ff.

C. F. Cramer.[74]) Wenn das Werk in dieser Form den heutigen Ansprüchen auch nicht ganz genügen kann, so hat es doch das große Verdienst, daß es grade im entscheidenden Augenblick diesen Vorläufer der Revolution den Deutschen zuerst näher brachte. Außerdem behält es historisch dadurch ein bleibendes Interesse, daß der fortlaufende Kommentar der Revisoren uns die damalige Auffassung der Rousseau'schen Ideen in einem Theile von Deutschland zur Kunde bringt. Es waren dies außer Campe die Professoren Trapp und Stuve, Villaume, Konrad Heusinger, der Abt Resewitz und der Lehrer Ehlers, aber es kann kein Zweifel sein, daß Campe's Anmerkungen und nächstdem die von Trapp die besten sind.

Da geht plötzlich die Kunde von der französischen Umwälzung durch alle Blätter und in vollem Jubel darüber entschließt sich der aufgeklärte Mann, die Reise, welche der Arzt ihm angerathen, nach Paris selbst zu richten. Der Bericht im achten Theil seiner Reisebeschreibungen[75]) und vor Allem die Briefe aus Paris zur Zeit der Revolution[76]) geben uns Kunde davon. Es begleitete ihn außer einem Herrn W. (Wendeborn?), sein ehemaliger Schüler Wilhelm

---

[74]) Allgem. Revision, Theil XII -- XV. Schon vorher hatte Campe's ehemaliger Lehrer Rudolphi für den 9ten Theil John Locke's Handbuch der Erziehung in ähnlicher Weise übersetzt.

[75]) Reise des Herausgebers von Braunschweig nach Paris im Heumonat 1789 (S. K. u. J. Schr. XXIV. Bändchen).

[76]) Braunschweig 1790. Sie sind abgedruckt aus dem Braunschweigischen Journal und gerichtet an T(rapp) und S(tuve). Schon im ersten Jahr erlebten sie 3 Auflagen.

von Humboldt, der damals grade die Universität verließ, von dem wir aber leider keinen Reisebericht besitzen. In den vier Wochen ihres Pariser Aufenthalts (vom 3ten bis zum 27sten August) besuchen sie nicht nur alle sehenswerthen Punkte, sondern sie nehmen persönlich Theil an den Ereignissen der Umwälzung. Dabei war Campe sehr vom Glücke begünstigt, indem er bald bei dem runden Schnitt seines Haars für einen Geistlichen gehalten wurde, bald der Zufall ihn unter die Deputirten mischte. Am 12ten August führte Mirabeau selbst sie zu Versailles in die Sitzung der Nationalversammlung und am folgenden Tage erlebten sie die Demüthigung des Königs, welche (Campe [77]) als Leichenbegängniß des französischen Despotismus bezeichnet. Nächst der Theilnahme an der Erhebung suchte Campe vor Allem die Erinnerung an Rousseau auf, den er nun auch als Vorläufer der Revolution, vor Allem durch seinen contrat social, [78]) doppelt verehrte. Seiner gedenkt er auf seinem Lieblingsspaziergange an der Seine, dem großen Platz vor dem Invalidenhause [79]): „Hier war es, wo Rousseau in den letzten Jahren seines Pariser Aufenthalts, um seinen wankenden Glauben an das Dasein guter Menschen zu stärken, seine häufigsten und liebsten Spaziergänge machte. Der freundliche Blick eines seinen Gruß oder seine Anrede erwiedernden grauen Kriegers konnte sein gefühlvolles, nach wohlwollenden Menschen sich sehnendes Herz in Entzücken setzen — bis

---

[77]) Briefe aus Paris, S. 4. 173.
[78]) Briefe S. 141.
[79]) Reise v. Br. nach Paris, S. 166.

ihm endlich auch diese Quelle des unschuldigsten und reinsten Vergnügens, wie er glaubte, von seinen unmenschlichen Feinden verstopft wurde. Diese raunten dem ehrlichen Invaliden in's Ohr, daß der Mann, der sich ihnen so anbringe, ein böser, sittenloser Gottesläugner sei; und hin war ihr freundliches Benehmen gegen ihn, hin für Rousseau die reine menschliche Freude, die er sich vorher von diesem Platze zu holen pflegte."

An Rousseau erinnert ihn die Sitzung der Akademie, welche grade (es war der 24ste August) die beste Lobschrift auf Rousseau für das nächste Jahr als Preisaufgabe stellte, „während sie ihn zwanzig (vielleicht zwölf) Jahre früher am meisten verkannt und gehaßt hatte."[80]) Rousseau's endlich gedenkt er vor Allem in seinem Sterbezimmer und an seinem Grabe, auf der romantischen Pappelinsel in Ermenonville, wo Campe die ganze volle Verehrung für sein hohes Vorbild in oft allzuüberschwänglicher Weise ausspricht.

Der Enthusiasmus für das französische Volk, seine Befreiung und Aufklärung, den er — nachdem er sich von Humboldt getrennt hatte, um ihn nie wieder zu sehen —[81]) mit nach Hause brachte, war ein höchst einseitiger und übertriebener. Man sieht oft genug in den Briefen, wie die bloße Schwärmerei blind und kritiklos macht. Es fehlt nicht an den allergrößten Widersprüchen. In den Briefen leugnet Campe, S. 37, daß es **irgend eine rechtmäßige Herrschaft** gäbe und in der Vorrede (S. XI.)

---

[80]) Briefe, S. 256. 257.
[81]) Briefe von Wilh. v. Humboldt an eine Freundin, Theil I. S. 166: „Ich bin seitdem, bis an seinen Tod nie wieder mit ihm zusammen gekommen."

kann er nicht umhin, seinem Herzog zu Liebe zu glauben, daß man in einem wohleingerichteten monarchischen Staate, unter einem gerechten und weisen Regenten, der nicht willkürlich, sondern gesetzmäßig herrscht, viel ruhiger und glücklicher als in einem stürmischen Freistaate leben könne. In der Reise (S. 204—210) schwärmt er von der Aufklärung der Franzosen auch in religiöser Hinsicht und wenige Seiten darnach (S. 217. 218.) führt er Beispiele an von der Verbreitung des krassesten Aberglaubens. Das Einzige, was man zur Entschuldigung anführen kann, ist, daß Campe diesen übertriebenen Jubel damals mit den bedeutendsten Zeitgenossen theilt und in den Taumel der Begeisterung grade in den Tagen hineinblickt, da — wie er sich ausdrückt — [82]) die ersten gräulichen Auftritte der Revolution schon vorüber, die letzten aber noch nicht erfolgt waren. Campe mußte für seine Begeisterung nachher, als die französischen Verhältnisse sich so sehr zum Schlimmen wandten, nicht wenig büßen und seine Aeußerungen wurden getadelt von allen denen, die sich nicht so schnell hatten berauschen lassen. Sehr wenig Ersatz konnte ihm die Verleihung des von Roland unterzeichneten französischen Bürgerdiploms bieten, das durch ihn — freilich erst im Jahre 1798 — auch Schiller erhielt. [83]) Die schlimmste Kränkung erlitt Campe schon etwa 1792 zugleich mit seinem Landsmann Jacob Mauvillon, [84]) dem Freunde Mirabeau's. Beide

---

[82]) Briefe, Vorrede S. VII.

[83]) Briefwechsel zwischen Schiller und Goethe, 2te Aufl. 1856, Theil II. S. 441.

[84]) Er war herzoglich braunschweigischer Ingenieur-Obristlieutenant und Professor der Kriegswissenschaft am collegio Carolino.

wurden ihrer französischen Gesinnung wegen in einem ausgestreuten Pasquille angegriffen, das in zahllosen Exemplaren an die Straßenecken und Häuser angeschlagen gefunden wurde. Es lautete so [85]): „Ihr infamen Kerls, ich meyne die hiesigen Französischgesinnten! Wo man euch von Obrigkeitswegen eure verdammte Zunge nicht bindet, und euer Schreiben und Drucken nicht hindert, das Verkaufen derselben mit Macht nicht abschaffen wird: so sollt ihr Schurken bey Abendzeit keinen sichern Schritt mehr thun können. Ja ihr seyd in Gefahr! C(ampe) und M(auvillon) hüte Dich!" — Campe schrieb eine Vertheidigungsschrift, [86]) welche seinen großen Schmerz über die spätern Pariser Auftritte an den Tag legt und daher „auf Braunschweig's Bürger eine gute Wirkung ausübte." Um so sonderbarer ist es freilich, daß er sich bei Gelegenheit der napoleonischen Verhältnisse in Westphalen und Jerome's Heirath noch einmal — wenn auch

---

[85]) Schlichtegroll's Nekrolog auf das Jahr 1794, Band I. im Leben Mauvillon's S. 241.

[86]) Für ihn schrieb, wie es scheint, auch Sieveking in Hamburg eine solche; vgl. R. S. m. Reisebeschr. Theil I. S. 143 unten, wo Campe folgende Stelle aus Gottlieb's Brief weggelassen hat: „Ich danke Ihnen für die zugesandte Schrift und freue mich ihrer guten Wirkung, obgleich es eine Schande für Braunschweig's Einwohner ist, daß sie einer solchen Auslegung seiner Gesinnungen bedurften. — Vor einiger Zeit erhielten wir eine ähnliche Schrift aus Hamburg, in gleicher Angelegenheit — Sieveking's Rechtfertigung. Es war das erste Mal, daß ich einen dépit gegen Hamburg, oder vielmehr Hamburg's Bewohner fühlte."

nur sehr vorübergehend — großen Erwartungen in Bezug
auf den König hingab.

Noch erfüllt von den Eindrücken der Reise geht Campe
daran, die Herausgabe der Uebersetzung von Rousseau's
Erziehungswerk zu beendigen. Vielleicht hatte er sich das
Manuscript von Cramer, der damals in Paris lebte, selbst
abgeholt. Ein Brief an Elise Reimarus⁵⁷) vom 31ften
August 1799 zeigt ihn uns mitten in diesen Studien und
spricht schon in Ansehung der Pariser Briefe Campe's
eigne Besorgniß aus. Zugleich läßt er uns einen Einblick
thun in den engen geistigen Verkehr, in welchem Campe
noch immer zu den hamburger Kreisen stand: „Vielleicht",
schreibt Campe, „ist ohne daß ich es mir bewußt bin, ein
geheimer Beweggrund zu meiner schriftstellerischen Frei=
müthigkeit, weil ich lieber verbrannt werden als an der
Auszehrung sterben möchte. Hoffentlich werden Ihnen
und Doctors (der Arzt Joh. Albr. Heinr. Reimarus
mit seiner Frau) durch Sieveking's die für sie abgegan=
genen Exemplare meiner Reise nunmehr ausgeliefert sein,
und Sie werden finden, daß ich mich in mancher Stelle
wiederum gar nicht sanft gebettet habe. Bin ich nicht
ein Narr, daß ich mir immer wieder neue Händel auf
den Hals ziehe, da ich, wenn ich wollte, mehr als irgend
Einer meiner gelehrten Mitbrüder der Ruhe pflegen
könnte? Aber, wie gesagt, mich gelüstet des Scheiter=
haufens, um der Auszehrung zu entgehen; und so ist
meine scheinbare Keckheit am Ende doch wohl nur baare
Poltronerie. Weil ich einmal von Schriftstellerei zu reden

---

⁵⁷) Eine Stelle daraus ist schon zu Anfang mitgetheilt.

angefangen habe, so will ich Ihnen doch eine Idee mittheilen, die mir in diesen Tagen gekommen ist, und von der ich wünschte, daß sie Ihnen und den übrigen Interessentinnen nicht mißfallen möchte. Ich habe in einigen Abendstunden angefangen, den vierten Theil des Emile zu commentiren, worin, wie Sie wissen, von der weiblichen Erziehung die Rede ist, und worin Rousseau in seiner Sophie das Ideal eines trefflichen Mädchens, das sich zu einer guten Gattin und Hausmutter qualificirt, aufzustellen glaubt. Er stellt uns aber, wie ich glaube, ein Monstrum auf, ein Wesen von so widersprechenden Eigenschaften, daß es in der Natur schlechterdings nicht existiren kann. Er schreibt hierbei der weiblichen Natur Empfindungsarten und Eigenschaften zu, die er nur von verderbten französischen Weibern abstrahiren kann. Ich habe mein möglichstes gethan, Ihr Geschlecht gegen ihn in Schutz zu nehmen, aber da er immer in dem Innern der Weiberseelen gelesen haben will: so scheint seine Sache mehr für ein weibliches als männliches Forum zu gehören. Wie wäre es also, beste Elise, wenn Sie, die Doctorin (Reimarus) und die Sievekingen diesen Theil in Gesellschaft mit einander durchläsen, meine und meiner Mitarbeiter Anmerkungen prüften und zwischen Rousseau und uns als competente Richterinnen entschieden wollten? Sie würden dadurch Ihrem Geschlecht, mir und dem publico einen gleich großen Dienst erweisen. Daß Ihre Namen nur denen genannt werden sollten, denen sie dieselben zu nennen erlauben würden, versteht sich von selbst. Wenn Sie meine Bitte erfüllen wollen, so bitte ich um baldige Antwort und danke zum voraus für Ihre Bereitwilligkeit." — Daß diese Bitte von den hamburger Freundinnen erfüllt sei, ist wohl nicht anzunehmen. Aber der Kommentar zum letzten Buche des Rousseau ist von Campe in dem hier angedeuteten Sinne im Jahre 1721 herausgegeben.

Campe wandte von nun an alle seine Kraft der letzten und längsten, aber für ihn undankbarsten wissenschaftlichen Thätigkeit zu, dem Studium der deutschen Sprache. Schon in allen früheren Werken finden wir die Keime dazu in ihrer eigenthümlichen Form gelegt, aber im zweiten Bande seiner Erziehungsschriften ist der Aufsatz über die deutsche Rechtschreibung noch von Klopstock.[88]) Vielleicht war im Umgange mit diesem und mit Lessing der erste Antrieb zu selbstständiger Forschung in Campe geweckt. Den Anfang macht er mit „Versuchen Deutscher Sprachbereicherungen" und im Jahre 1794 mit der vom königl. Preuß. Gelehrtenverein zu Berlin gekrönten Preisschrift „Ueber die Reinigung und Bereicherung der Deutschen Sprache." Dann folgen in den nächsten beiden Jahren „Beiträge zur weitern Ausbildung der deutschen Sprache." Daß er aber hier deutsche Musterschriften beurtheilt und unter Anderm auch Goethe's Iphigenie zergliedert, mußte er schwer entgelten. Es war grade die Zeit des Xenienkampfes und vor Allem Schiller versäumte nicht, Campe's Bestrebungen in den allerschärfsten Versen zu geißeln, gegen die sich Campe in nur bisweilen glücklichen Antixenien wehrte. Den ganzen Kampf hat uns Eduard Boas mit großer

---

[88]) Wieder abgedruckt mit einer Nachlese in Klopstock's Werken, Band IX. S. 325.

Vollständigkeit mitgetheilt.⁸⁹) Campe hatte mit Unrecht besonders Goethe in Verdacht der Autorschaft, worin er nachher wohl darin bestärkt wurde, daß ihm Schiller zwei Jahre später für die schon angeführte Uebersendung des Bürgerdiploms in einem sehr freundschaftlichen Briefe, welcher leider der Oeffentlichkeit noch entzogen ist, geantwortet hatte.

Campe ließ noch mehrere Schriften erscheinen, die denselben Zweck der Reinigung und Bereicherung der deutschen Sprache verfolgen, aber alles sind nur Vorläufer und Vorbereitungen zu seinem großen Wörterbuch der deutschen Sprache⁹⁰), welches seit dem Jahre 1801 erschien. Es ist keine Frage, daß dies Wörterbuch das frühere von Adelung an Vollständigkeit sehr übertrifft; aber ebenso ausgemacht ist, daß Campe's zuversichtliche Hoffnung, hier ein bleibendes Nationalwerk zu liefern, ein Irrthum war. Es war ein eignes Verhängniß, daß es ihm hier ebenso wenig glückte, wie in seiner begeisterten Empfehlung französischer Zustände und daß hier erst die großartige Arbeit **des Schülers** vorhergehen mußte, der Campe nach Paris begleitete und dort ohne Zweifel weniger befangen urtheilte. Es kann jetzt nicht mehr zweifelhaft sein, daß Campe's

---

⁸⁹) Schiller und Goethe im Xenienkampf von Eduard Boas, 1851. II Theile.

⁹⁰) Das Wörterbuch zur Erklärung und Verdeutschnng der unserer Sprache aufgedrungenen fremden Ausdrücke. 2 Theile, Braunschweig 1801 und 1813 ließ Campe von Theodor Bernd, dem nachherigen Heraldiker und Professor in Bonn, ausarbeiten. Dann folgte seit 1807 das große Wörterbuch der deutschen Sprache in 5 Theilen.

der Arbeit nach so bewundernswerthes Werk zwar zu spät kam, insofern die Theilnahme für ihn als Schriftsteller merklich erkaltet war, zu früh aber in Bezug auf die Empfänglichkeit des Publikums überhaupt. Man war noch zu sehr damit beschäftigt, das Ideal der Vereinigung griechischen Geistes mit christlicher Sitte — dem Campe doch allzu fern stand — zu verwirklichen, viel zu sehr, die Geistesschätze der Alten selbst erst einmal wieder zum Eigenthum zu machen; und von da aus mußte dann, vor Allem durch Wilhelm von Humboldt, die Sprachvergleichung ein neues Band zwischen Germanismus und Hellenismus nachweisen, um dadurch das Studium der Muttersprache zu einem bleibend anziehenden zu machen. Daneben ist es kaum noch nöthig, auf die Einseitigkeiten und Abgeschmackt= heiten hinzuweisen, die sich Campe in seinem Sprachpuris= mus [91]) erlaubt und in denen er so weit geht, daß er lieber das Fremdwort in Klammer setzt, weil die Verdeut= schung Niemand verstehen würde, also zwei Ausdrücke für einen giebt: wenn er z. B. „Restauration" durch „Wieder= herstellung", „Belvedere" durch „Siehdichum", „Katho= licismus" durch „Gemeinglauben", „Tapezirer" durch „Teppicher" wiedergiebt [92]). Oft paßt das deutsche Wort schon deshalb nicht, weil das Fremdwort verschiedene Be= deutungen hat. Campe gab daher manche frühere Ver= deutschungsversuche im Fremdwörterbuch wieder auf, z. B.

---

[91]) Jean Paul nennt daher die Fremdwörter „Wider= Campe'sche Wörter." Levana Th. II. S. 92.

[92]) Mit Recht sind die Zöglinge verwundert, wenn er am zweiten Abend des Robinson „Spitzberg" statt Pik de Teneriffa sagt (S. K. u. J. Schr. X. B. S. 23).

„Nahrungsfleiß" für Industrie, wozu ihn vielleicht folgendes in jener Zeit entstandene Epigramm veranlaßte:

Der Poesie hält zwar Herr Heinrich Campe,
Der Rathpapa, nicht eben viel zu gut;
Beleuchtet sie mit der bewußten Lampe
Der Aufklärung und warnt sein junges Blut.
Ihm gilt es mehr, was etwa Heinrich Campe,
Der Kollekteur[93]), der Welt zum Besten thut.
Deß Nahrungsfleiß in Briefen unfrankiret
Die ganze Welt mit Losen bombardiret.

Andrerseits dürfen wir aber auch nicht übersehen, woran man weniger zu denken pflegt, daß eine ganze Reihe von Wörtern uns jetzt geläufig ist, die Campe erst durch Beseitigung des Fremdworts zum vollen Besitz gab. So sind unter Anderm die Ausdrücke „Stelldichein" für „Rendezvous" und „Kunststraße" für „Chaussee" erst von Campe vorgeschlagen.

Glücklicher als das wissenschaftliche Leben waren in Braunschweig — wenigstens lange Zeit — Campe's häusliche Verhältnisse. Zwar hatte er den Schmerz der Trennung von seiner einzigen Tochter, als sie sich am 27sten October 1795 mit Friedrich Vieweg vermählte, der damals in Berlin eine Buchhandlung leitete; aber um so größer und schöner wurde der Kreis, als der Schwiegersohn nach Braunschweig übersiedelte und Campe ihm im Jahre 1808 die Schul-Buchhandlung übergab. Seitdem war das Leben mit Kindern und Enkeln ein äußerst gemüthliches und patriarchalisches. In dem sehr geräumigen Garten vor

---

[93]) Eine in Braunschweig damals allbekannte Persönlichkeit.

der Stadt, mit Ställen und Lustwäldchen, welcher noch
jetzt Eigenthum der Familie ist, konnte Campe seine alte
Leidenschaft für das Landleben fortsetzen, auch hier wieder
hunderte von Bäumen pflanzen und in ihrer Pflege seine
Erholung finden. Dabei ist es bezeichnend, daß aller
Orten die schönsten Punkte mit moralischen Sinnsprüchen
— dem Charakter der Landschaft entsprechend — versehen
waren. So stand am Ende eines dichtbewachsenen Laub=
ganges: „Gottes Wege sind dunkel, aber sie führen zum
Licht!" Die Seele des Hauses war auch hier wieder,
wie schon in Hamburg, die allverehrte Räthin, welche
Johannes Böhl nach ihrem Tode im Jahre 1826 als „ein
edles deutsches Herz von echtem Schrot und Korn" be=
zeichnet [94]). Und als Nicolaus Schuback, der von allen
Zöglingen Campe's vielleicht der eigenthümlichste und ihm
gewiß bald entfremdet war, bei einem Besuche [95]) in Ham=
burg das Bild der Pflegemutter sieht, da ruft er außer
sich vor Freude: „Das war eine Frau, die verstand mit
mit dem eignen Manne umzugehen!" Sie hatte unter
den vielen Hausfreunden auch ihre eignen Hof= und Lieb=
lings=Poeten. Zu diesen gehörte der Postsekretair Kellner
in Braunschweig, der ihr einst eine Hortensie brachte,
welche bei der damaligen Seltenheit der Pflanze nur eine
Blume hatte, begleitet von folgendem Gedicht:

---

[94]) In einem Briefe vom 5ten Juli. Briefe von Joh.
Nik. Böhl von Faber an Nik. Heinr. Julius, Med. Dr. in
Hamburg 1810--34, Originalhandschrift auf der Hamburger
Stadtbibliothek.

[95]) Er lebte in Paris.

Mit einem Hortensiastock.

Zwar trägt sie der Blumen nur eine,
    Wie nur eine zur Blüthe Du treibst;
    Doch sieh nur, wenn Du beliebst:
Es keimen in dieser viel kleine.

Und diese, sie alle zusammen
    So nur machen ein Ganzes sie erst:
    So facht Liebe, wie Du es uns lehrst,
Die Funken der Freude zu Flammen.

Es blüht die Blume im Garten,
    Wie das Leben, erst grün und dann roth
    Und dann weiß und spät kommt ihr Tod,
Versteht man nur ihrer zu warten.

Du weißt ja zu warten des Lebens
    Mit des Frohsinns erquickendem Schein,
    Drum wirst Du sein lange Dich freu'n,
Den Tod selbst erwarten vergebens[96]).

Aber auch die Magd gehört ganz mit zur Familie, redet selbst in Gegenwart von Fremden mit darein und die Zöglinge versäumen nicht, die Hanne aus dem Robinson in ihren Briefen grüßen zu lassen[97]). Wie es, namentlich wohl durch den Theophron veranlaßt, nicht an schriftlichen Anfragen, an Bitten um Rath und an geheimen

---

[96]) Dieses hier zuerst gedruckte Gedicht brachte kurz nach seinem Entstehen im Reimarus'schen Hause einen absprechenden Menschen zum Schweigen, der die Unmöglichkeit verfochten hatte, daß auf eine Hortensie ein Gedicht gemacht werden könne.

[97]) Z. B. Johannes Böhl am 7ten October 1784 aus Andover

Herzensergießungen fehlte, so wurde Campe auch überlaufen von allen möglichen Leuten, die den berühmten Verfasser des Robinson kennen lernen wollten. Darüber klagt er schon in Hamburg [98]. Durch Braunschweig reist nun vollends keine irgend namhafte Persönlichkeit, die nicht in dem Garten vorgesprochen hätte. So Seume in seinem „Sommer" im September 1805,[99] so unzählige andere.[100] Freilich war Campe nicht immer sichtbar, sondern schickte lieber seine Frau in's Feuer. So ungemein sprudelnd und heiter er sein konnte, namentlich wenn er „die Unvernunft", einen lustigen Freundeskreis, bei sich hatte, litt er andrerseits seit jenen politischen Enttäuschungen an immer zunehmender Hypochondrie, die soweit ging, daß er zum Beispiel am Tage seiner silbernen Hochzeit, am 27sten Juni 1798, plötzlich einen Ausflug machte und die Räthin mit einigen Freunden alleine feiern ließ. Die krankhafte Disposition nahm bei den angestrengten Arbeiten immer überhand, so

---

[98] Siehe oben den Brief an Lessing. Ebenso klagt er einem Verwandten in einem Schreiben vom 12ten Januar 1796 über Wünsche, Zumuthungen und Zudringlichkeiten anderer Menschen, die sich ihm stündlich in den Weg würfen.

[99] „Mein Sommer", 1806 S. 253. Er rühmt besonders die „auserlesenen frischen Kartoffeln in dem Sansfoucy des Agathodämon der Kinderwelt", wie Lessing im Jahre 1779 sein Lieblingsgericht, Linsen, bei Campe zu essen wünscht, Lessing's Werke von Lachmann und Maltzahn, Band XII. S. 646.

[100] Versammelt sich doch sogar in Bückeburg die Schuljugend, als J. R. Böhl am 12ten August 1812 dort anwesend ist, um den wirklichen Johannes aus dem Robinson zu sehen; s. dessen Lebensskizze S. 76.

daß die Spaziergänge und zuletzt auch die Reisen nicht mehr helfen wollten. Im Jahre 1810 wurde das damals ganz besonders beliebte Karlsbad versucht. Dieser Aufenthalt war für Campe ein in mancher Beziehung denkwürdiger. Gleich der sonderbare Einzug verkündigte dies. Als Campe mit Pastor Junker, seinem braunschweiger Freunde und Reisegefährten, auf der Höhe des Berges ankam, hatte er einen Unfall mit seinem Wagen. Ungeduldig, wie er war, ließ er das eine Pferd mit seinem Begleiter und dem Postillon zurück und ritt selbst auf dem andern hinab, von den Karlsbadern in der üblichen Weise eingeblasen, worüber nachher vielfach gescherzt wurde. Am Brunnen hatte Campe eine Begegnung mit Goethe, der — des alten Xenienhaders vergessend — ihn freundschaftlich begrüßte und lange mit ihm sprach. Die katholische Geistlichkeit der Umgegend hatte kaum von Campe's Anwesenheit gehört, als sie eine Ehrendeputation an ihn absandte. Die schönste Anerkennung aber mußte es für ihn sein, daß die Gräfin Coteck, geborne Rotenhahn,[101] die mit ihren beiden Söhnen das Bad besuchte, diese mit dem Hauslehrer zu ihm schickte und ihn bitten ließ, daß er sie segnen möchte.

Allein der eigentliche Zweck des Bades war verfehlt und am 24sten August 1810 schreibt Campe nach seiner Ankunft in Braunschweig, er sei schlimm aus Karlsbad zurückgekommen mit gänzlicher Entkräftung, von Zeit zu Zeit Schwindel und mit einem seltsamen Gefühl im Kopfe,

---

[101] Gemahlin des nachherigen Oberstburggrafen Coteck. Damals war auch Beatrice von Oesterreich in Carlsbad.

welches er, um sich einigermaßen verständlich zu machen, eine Zerknirschung nennen müsse, und wovon er glaube, daß irgend ein Ausfluß (Extravasal) aus irgend einem Gefäße die Ursache sei. "Aus Neugier", schließt er den Brief, "möchte ich mir wohl den Schädel aufsägen lassen." Schon der Arzt Reimarus in Hamburg schüttelte bedenklich den Kopf, als er an den zugesandten Lieferungen des Wörterbuchs die ungeheure Arbeit für dasselbe erkannte und meinte, wenn das nur gut gehe, schon oft habe es mit Leuten, zumal von solcher körperlichen Disposition, bei so angestrengter Thätigkeit ein schlimmes Ende genommen. Und als Campe selbst im Mai 1813 die letzten Bogen von diesem Werke, dem er auch materiell so viele Opfer bringen mußte, an Fr. Vieweg übergab, geschah es mit den Worten: "Hier, lieber Sohn, haben Sie die letzten Bogen, aber damit auch meine letzte Kraft!" Umsonst hoffte die Familie, daß er nun endlich einmal ganz frei von Geschäften seines Alters froh werden möchte. Es folgten fünf Jahre der allertraurigsten Art und es ist tragisch, daß der Zustand — den Wilhelm von Humboldt[102]) gradezu als Blödsinn bezeichnet — zuerst erkannt wurde an einer der schönsten Seiten von Campe's Charakter, seinem Wohlthätigkeitssinn, den er als wahrsten Ausdruck des Philantropismus von Dessau mitnahm, in seinen Schülern sorglich pflegte und dann in theilweise gemeinsamem Wetteifer mit ihnen[103]) im Leben bethätigte. Diese

---

[102]) Briefe an eine Freundin II. S. 190.

[103]) So schickten z. B. Gottlieb Böhl und nach seinem Tode sein Bruder Johannes mehrere spanische Knaben armer

Gesinnung beweist am besten sein Besuch am Sterbelager seines Freundes Stuve, des Vielgeprüften, als derselbe am 12ten Juli 1793 seiner ein Jahr früher gestorbenen Frau folgte. Er empfahl Campe's die Fürsorge für seine einzige Tochter Minna und wandte sich an die Räthin, als sie ihn noch etwas zurecht legte, mit den Worten: „Der letzte Liebesdienst und — Minna!" wobei er sie mit dankbarem, zärtlichem Blicke ansah. Nach einiger Zeit rief er noch einmal seinen Freunden zu: „Wacht über Minna's Unschuld!" Campe kaufte ihm auf dem Kirchhofe den Ehrenplatz neben Lessing und schmückte beide Grabhügel auf gleiche Weise, so daß eine Kiefer beide Hügel mit ihrem Schatten deckt. Dann tritt er Stuve's Erbschaft an, indem er seine Tochter ohne Entschädigung an Kindesstatt annimmt, seine kleinen Schriften mit einer Vorrede über Wesen und Charakter des Verfassers veröffentlicht.[104] Jetzt nun fand man plötzlich, daß Campe ohne Geldbörse, einmal sogar ohne seine Uhr nach Hause kam. Dazu traten dann andre Dinge, welche die schmerzliche Vermuthung bestetigten. Dämonisch war es in dieser Seelenstörung, daß — während der Geist alle Klarheit einbüßte — der Körper, sonst so schlank und stattlich, ungewöhnlich voll und scheinbar kräftig wurde.[105] Im

Aeltern nach Braunschweig, daß sie dort auf ihre Kosten durch Campe's Vermittlung im Hundeicker'schen Institut erzogen würden.

[104] Schlichtegroll's Nekrolog, Supplem. Band 1790 — 1793 S. 46—50.

[105] So ist Campe dargestellt von Mathaei in dem bis jetzt nicht durch Kupferstich oder Lithographie veröffentlichten großen Oelgemälde, im Besitz des Herrn Stadtrath Campe in Leipzig.

Jahre 1814 verordneten die Aerzte eine Seereise und auf dem Wege nach Kopenhagen zu einem Bekannten kam er zuletzt — freilich schon völlig gestört — in den ersten Tagen des October durch Hamburg. Es fehlte zwischendurch nie an einzelnen klareren Augenblicken. Einen solchen hatte er zum Beispiel bei seinem hiesigen Aufenthalte. Campe war bei einer verwandten Familie und nachdem er lange im Zimmer auf und abgegangen war, mischte er sich plötzlich in das Gespräch mit den Worten: „Ja, ja, wir Campe's sind alle Despoten!" Als man ihn darauf aufmerksam machte, daß er ja selbst ein Fremdwort brauche, setzte er hinzu: „Ganz recht, Zwingherr sollte es heißen."— In denselben Tagen geschah es freilich auch, daß er an's Fenster trat und hinausrief: „Guten Morgen, Herr Schuback!" und dann in's Zimmer gewandt, hinzusetzte: „Er geht zur Börse", während derselbe doch schon mehrere Jahre todt war. Im Allgemeinen blieb es derselbe, für ihn und seine Umgebung höchst qualvolle Zustand, aus dem erst der Tod am 22sten October 1818 [106]) ihn erlöste. Sein einfaches Gemüth spricht sich noch aus in den letzten Anordnungen.[107]) Seinen Sarg hatte er lange vorher nach eigner Angabe machen lassen (ein länglicher Kasten von ungehobelten Brettern, ohne Deckel) und verboten, etwas

---

wo das Gesicht schon in Etwas die Züge der eintretenden Störung hat, der Ausdruck aber doch merkwürdig tief und klar erscheint (in gleicher Größe ist dort auch die Räthin gemalt).

[106]) Drei Tage vor dem Dichter Kosegarten.
[107]) M. vgl. den hamburger unparteiischen Korrespondenten von Mittwoch, d. 4ten November 1818.

mit ihm zu begraben, was für Lebende noch Werth haben könne. Sein sehnlicher Wunsch, an selbst zubereiteter Stätte begraben zu werden, ging in Erfüllung. Der Herzog ertheilte die Erlaubniß zu einer Familiengruft im eignen Garten. Da Campe berechnet hatte, daß der Aufwand einer herkömmlichen Bestattung etwa 200 Thaler betrage, so verordnete er, diese Summe unter Arme zu vertheilen. Seinem Schwiegersohne trug er auf, 2000 Exemplare seines Robinson und Theophron als Geschenk für unbemittelte Kinder und Jünglinge zu drucken. So zeigt sein letztes Wirken ihn noch als Philantropen im wahrsten und eigentlichsten Sinne.

Ueberschauen wir das Leben und die Wirksamkeit Campe's, welche mir nur in flüchtigem Umriß darzustellen vergönnt war, so führt uns die Mitte an den Anfang zurück. Campe selbst hat es noch im späteren Alter ausgesprochen, wo der Schwerpunkt seines Wirkens zu suchen ist, als er in dem großen Saale seines braunschweiger Hauses Rousseau's Büste anbrachte und darunter mit goldener Schrift die Worte: „mein Heiliger!"

Varnhagen von Ense, der seine warme Verehrung für Rousseau bei jeder Gelegenheit kund giebt, urtheilt schon 1810, als er 21 Jahre nach Campe das Grab in Ermenonville besucht [106]): „Rousseau ist mir ein Prüfstein für viele Menschen, für die ausgezeichnetsten und besten, denn

---

[106]) Aufenthalt in Paris im Jahre 1810 (Raumer's historisches Taschenbuch von 1845, S. 342).

wie Jemand über Rousseau urtheilt, das giebt mir das entscheidende Maaß, was ich im höchsten Sinne von dem Urtheilenden zu halten habe!" — Wenn wir das Wort in dem Sinne zugeben, daß Alle, die Rousseau an sich herantreten und auf sich wirken lassen, in dem Urtheil über ihn den Maaßstab zur eignen Beurtheilung geben, so haben wir damit auch für Campe den richtigen Gesichtspunkt. Er hat Rousseau nicht nur gekannt und verehrt, sondern — wie Wenige — seine Ideen in Wort und Werk auf deutschen Boden verpflanzt, in deutsches Wesen übersetzt. Was ihm darin — zumal das nördliche Deutschland, dem er die beste Kraft seiner Arbeit widmete — sonst und auch jetzt noch zu danken hat, wird man nie ganz vergessen dürfen. Und vielleicht, wenn das Lebensbild in seiner ganzen Tiefe vor uns stände, würden wir einstimmen in die Worte, mit welchen Professor L. K. W. Meyer von Bramstedt die Lithographie seines verstorbenen Freundes[109]) anzeigt: "Das ist der Führer unsrer Jugend und derer, die nach uns jung werden! So heiter und durchdringend war sein Blick, so rein und frei seine Stirn, so zwanglos anständig seine Haltung. — Auch in diesem Aeußern erkennen wir den sokratischen Weisen, dem die seltene Gabe verliehen war, die tiefgeschätztesten Lehren mit den faßlichsten Worten auszudrücken."

---

[109]) J. H. Campe's Bildniß, nach dem Oelgemälde von Schröder auf Stein gezeichnet durch Gröger und Aldenrath, erschien am 1. October 1822 in Braunschweig.